मारवाड़ी राजबाड़ी

आत्मकथात्मक उपन्यास

मारवाड़ी राजवाड़ी

आत्मकथात्मक उपन्यास

कुसुम खेमानी

वाणी प्रकाशन

वाणी प्रकाशन

4695, 21-ए, दरियागंज, नयी दिल्ली 110 002

फ़ोन : +91 11 23273167 फ़ैक्स : +91 11 23275710

शाखाएँ

अशोक राजपथ, पटना 800 004, बिहार

कॉफ़ी हाउस कैम्पस, महात्मा गांधी मार्ग, इलाहाबाद 211 001, उत्तर प्रदेश

महात्मा गांधी अन्तरराष्ट्रीय हिन्दी विश्वविद्यालय, वर्धा 442 001, महाराष्ट्र

www.vaniprakashan.com
marketing@vaniprakashan.in
sales@vaniprakashan.in

Marwadi Rajbadi
by Kusum Khemani

ISBN : 978-81-19014-53-8
Novel

प्रथम संस्करण 2023

मूल्य : ₹ 225

आर. टेक ऑफ़सेट प्रिंटर्स, दिल्ली-110032 में मुद्रित

वाणी प्रकाशन का लोगो मक़बूल फ़िदा हुसेन की कूची से

ऋतु बायें हाथ से काले चोगे को सम्हालती हुई आँसू भरी धुँधली आँखों से 'मारवाड़ी राजबाड़ी' को एकटक देखे जा रही थी कि स्मृतियों के एक रेले ने इस वर्तमान को पीछे ठेल कर, उस राजबाड़ी के सामने ला खड़ा किया, जहाँ पानी रखने का पीतल का कलशनुमा घड़ा कृष्णा देवी की हिकारत भरी ज़ोरों की ठोकर से तीन ओर की दीवार से टकराकर 'धड़ांग-धड़ांग' और क्रमश: टों टन्, टन् टन् आवाज़ कर लुढ़कता हुआ बाहर की ओर जा रहा था। नन्ही ऋतु ने जब दौड़कर उसे दोनों हाथों से पकड़ लिया और अपनी बड़ी-बड़ी आँखों में आँसुओं को रोकते हुए कातर स्वर में गुहार लगाते हुए बोली, "बुआ, यह तो अपना ही बर्तन है, फिर आप ऐसे क्यों कर...?" उसके अधूरे वाक्य को अनसुना करते हुए कृष्णा देवी ने बीच में ही अपनी कर्कश आवाज़ में चीख़कर कहा, "ऐ सोरकार बाबू, आप क्या हर वक़्त अफ़ीम की पीनक में रहते हैं, जो ये बाहरी लोग मेरे नल से पानी भरे जा रहे हैं और आप ठूँठ से खड़े उन्हें देख रहे हैं? क्या आपकी आँखें फूटी हुई हैं, जो आपको मालिक और नौकर का भेद समझ में नहीं आता? महीने के पहले ही दिन पॉकेट में मोटी तनख़्वाह ठूँसते वक़्त तो आपके माथे पर ढेरों आँखें उग आती हैं, वर्ना न तो आपको सड़क के मोटे-तगड़े कुत्ते और न ही ये लावारिस इन्सान समझ में आते हैं।"

रिरियाती आवाज़ में बुआ-बुआ की रट लगाये ऋतु फटी आँखों से कृष्णा देवी का रौद्र रूप देखे जा रही थी और अनायास ही कण्ठ में

अटके शब्द बोले जा रही थी कि तभी कनपटी पर पड़े झन्नाटेदार चाँटे से उसका सिर ज़ोरों से पास वाली दीवार से जा टकराया और एक चीख़ के साथ उसके मुँह से निकला, 'ओ माँऽ!'

इस पर कृष्णा देवी चिहुँक कर बोलीं, "ऐ छोकरी, ज़्यादा नाटक मत कर, एक-तो-पानी चोराती है, ऊपर से बुक्का फाड़कर रोती है। अरी बेहया, 'चोरी तो चोरी ऊपर से सीना ज़ोरी' का खेल तो आज नया ही देखा।"

बेटी की चीख़ सुन कर शालीनता और अवसाद की एक मूर्ति बदहवास सी सीढ़ियाँ उतर कर वहाँ आयी और बेटी को अपनी ओर खींचकर उसके आँसू पोंछती हुई बोली, "दीदी! बच्ची है, घर में एक बूँद पानी नहीं था, सो अपने 'मान' से बड़ा बर्तन उठाकर पानी भरने के लिए ले आयी माफ़कर दीजिए।"

बच्चे तो होते ही हैं सच्चे मन के, इसलिए माँ का सहारा मिलते ही ऋतु बोल पड़ी, "माँ, पानी का नल पूरा खुला था और उससे लगातार गिरता पानी नालों में जा रहा था, इसीलिए मैं यह बर्तन ले आयी।"

"ऐ सारी दुनिया की झूठी, सोरकार बाबू क्या यह सही है?" सरकार बाबू ने बिना कुछ कहे नज़रें झुका लीं, उनका यह जवाब देखकर तो कृष्णा देवी को आग ही लग गयी, वे लगीं हाथों को झटका दे-देकर गालियों के साथ उलाहने देने, "अरे ओ सोरकार बाबू, मैं सब जानती हूँ, पुराने मालिक से चाटी हुई रियासत का स्वाद अभी भी आपकी जीभ पर है। तभी तो आप भीतर-ही-भीतर भाभी और इस छोकरी ऋतु के पक्षधर बने हुए हैं। सोरकार बाबू, चाहे मैं नयी मालकिन ही हूँ, पर अब यह नल क़ानूनी काग़ज़ पर मेरे हिस्से में आ गया है, इसलिए अपने कानों को पूरा खोलकर ध्यान से सुन लीजिए कि मैं आगे से ऐसी किसी भी ग़लती को माफ़ नहीं करूँगी, आया समझ में?" कहकर अपनी बांग्ला साड़ी के आँचल में बँधे चाबियों के बड़े गुच्छे को छनकाती हुई उसे अपनी पीठ के ऊपर फेंककर कृष्णा देवी चप्पल पटकती हुई वहाँ से चल दीं।

कृष्णा देवी के जाते ही ऋतु माँ के आँचल में घुसकर सुबकियाँ भर कर रोने लगी। मारवाड़ी राजबाड़ी की पूर्व मालकिन ने उसे ज़ोरों से ख़ुद से चिपका लिया और असहाय मुद्रा में सरकार बाबू की ओर देखा, बेचारे सरकार बाबू की आँखों में भी पानी भरा था, पर कुछ करने लायक न होने के कारण, उन्होंने अपना मुँह दूसरी ओर घुमा लिया।''

तभी एक फिटन वहाँ से गुज़री और उसने ऋतु को उसके धुर अतीत के उस अति पुराने ट्रैक पर लाकर खड़ाकर दिया, जब चाचा की कारस्तानी के कारण इस मारवाड़ी राजबाड़ी का बँटवारा नहीं हुआ था और यहाँ उन लोगों का एकछत्र-राज्य था।

ढलता सूरज अपनी अरुणिमा से सबको रंगते हुए विदा हो रहा था, बग़ल वाली 'असली राजबाड़ी' की छतों पर गुलाबजल का छिड़काव हो रहा था और उसके मुख्य द्वार पर दो फिटनें ज़मींदारी आन-बान से सजी-धजी अपनी सवारियों की प्रतीक्षा में खड़ी थीं। तभी 'असली राजबाड़ी' की क़रीब वाली मारवाड़ी राजबाड़ी के सामने भी एक फ़िटन आकर खड़ी हुई जो बिना किसी राजसी ठाट-बाट के भी राजसी लग रही थी और उसकी वजह थी, उसका अंग्रेज़ी स्टोर 'वाइटवे-लेडला' से सद्यः आगमन एवं उसका कल्पनातीत मूल्य। बिना किसी साज-सज्जा के भी उसकी बनावट में एक विशेष प्रकार का आकर्षण था। उसकी चमाचम करती काली महोगनी लकड़ी, उसकी गद्दियाँ, पायदान आदि सभी सुघड़ गढ़त में गढ़े हुए थे, जो उसे अनकहे ही नफ़ासत के नायाब रूप में प्रस्तुत कर रहे थे।

सुरमई साँझ के आगोश में खड़े 'असल-राजबाड़ी' के अरबी घोड़े ज़ोरों से हिनहिना कर अपनी उपस्थिति दर्ज करा रहे थे, तो उससे बग़ल वाली कोठी की फिटन के घोड़े ख़ूबसूरती और क़द-काठी में तो असल वालों से होड़ ले रहे थे, पर शान्त खड़े मालिक का ऐसी शालीनता से इन्तज़ार कर रहे थे, मानो वे भी असल वालों के ख़ास रुतबे से परिचित हों।

तभी असल राजबाड़ी के 'नहबत झरोखे' से शहनाई के स्वर गूँजे और 'बड़े बाबू' अपने पाँच-छह चापलूस चमचों से घिरे हुए बड़े दरवाज़े पर प्रकट हुए।

उन सभी ख़ुशामदी लोगों की पूरी भंगिमा में एक गिड़गिड़ाता हुआ भाव साफ़ झलक रहा था। उनमें से एक ननी बाबू थे, जो ओहदे में औरों से ऊँचे थे, सबसे पहले उन्होंने घुटनों के बल बैठकर बड़े बाबू के पैरों की नर्म चमड़े और सुनहरे काम वाली 'मोजरी जूती' को अपनी धोती से झाड़ा और आहिस्ता से अपने माबदौलत के पैरों को गोद में रखकर उनमें वह मोजरियाँ पहना दी। यह क्रिया सम्पन्न करने के बाद उन्होंने बड़े बाबू के पैरों को दोनों हाथों से छूकर प्रणाम करते हुए उन्हें अपने माथे से ऐसे छुवाया गोया उन्हें अपने इष्ट शिव के चरण-स्पर्श करने का सौभाग्य मिल गया हो।

उनके बाद मणिबाबू आगे आये और मालिक की धोती की चुन्नटों को ठीककर उन्होंने एक रत्नजड़ित छड़ी उनके हाथ में थमा दी और क्षणमात्र भी गँवाये बिना भोला बाबू ने लखनऊ इत्र से पगी ख़ुशबूदार 'घूनी' को नज़र उतारने के लिए मालिक के चारों तरफ़ ऐसे घुमाया जैसे वे दुर्गा पूजा में देवी दुर्गा के आगे 'घूनी' लेकर नाच रहे हों। उस 'घूनी' की सुगन्ध दूर-दूर तक मुहल्ले में महक उठी और वहाँ के साधारण स्थिति के रहवासी मुक्ताराम बाबू स्ट्रीट उर्फ़ चोर-बगान के बरामदों में मँझले बाबू की सवारी की झाँकी देखने उमड़ पड़े।

चाहे यह नज़ारा अक़्सर ही घटता रहता था, पर बड़े घरों के चोंचले देखने में साधारण जनता को वैसा ही आनन्द आता है, जैसा बाइस्कोप के डिब्बे में आँख गड़ाकर 'सात मन की धोबन' को देखने में। बग्घी की ऊँचाई चढ़ने में ज़मींदार बाबू को दिक़्क़त न हो इसलिए क्षण मात्र में ही नंगी पीठ के दो साँवले मज़दूर उसकी ऊँचाई से ऐसे एकाकार हो गये मानों वे उस बग्घी का ही एक हिस्सा हों और भारी शरीर वाले ज़मींदार बाबू ने आराम से उनकी पीठ पर पैर रखे और अपनी गद्दी पर विराज गये।

बड़े बाबू के सिंहासन पर विराजने के बाद उनके चमचेभी उनके पैरों में घुसुड़-मुसुड़ कर मालिक का स्पर्श किये बिना ऐसे ठुँस-ठुँसाकर बैठ गये जैसे वे हाड़-मांस के नहीं, बल्कि रबर से बने हुए हों। घोड़ों के मचल कर हिनहिनाते ही राजबाड़ी के दरवाज़े पर खड़े सन्तरियों ने ऐसी ज़ोरों सलामी ठोंकी जैसी वायसराय की सवारी को सेना के कमांडर देते हैं। देखते-ही-देखते वे घोड़े हवा से बात करते हुए विक्टोरिया मेमोरियल का चक्कर लगाकर बड़े बाबू की बागानबाड़ी के आगे जा खड़े हुए और पलक झपकते ही मणि बाबू दौड़कर उस कोठी में गये और आपाद-मस्तक गुलाबी बोसगी सिल्क में लिपटे एक मुजस्मे को बा-अदब बा-मुलाहिज़ा की भंगिमा में बग्घी तक लिवा लाये।

बड़े बाबू के शरीर में पहली बार हल्की सी जुम्बिश हुई और उन्होंने अपनी बग़ल में ज़रा-सी जगह बनाकर अपनी बड़ी मूँछों के नीचे से हल्की-सी मुस्कुराहट के साथ उस कोमलांगी की आगे बढ़ाई हुई हथेली पर अपना हाथ रख दिया, क्योंकि वे ठहरीं 'फूलबाई' जिन पर उस समय के अनगिनत राजे-राजवाड़े निछावर थे।

एक रात आँखें मूँदकर सोने का नाटक करते हुए ऋतु ने अपने माँ-बाबूजी को आपस में यह फ़ुसफ़ुसाते सुना था, 'ए जी! क्या सच में ही मशहूर तवायफ़ फूलबाई इतनी सुन्दर और महीन त्वचा वाली हैं कि उनके गले से गुज़रती हुई पान की पीक का लाल रंग बाहर से 'झाँई' मारता है?''

राधाकृष्ण जी ने पत्नी के भोलेपन पर ठहाका लगाते हुए उन्हें अपने नज़दीक खींच कर कहा, ''ऐ! मेरी भोली बन्नो, यह तो एक कहावत चल पड़ी है। पगली ज़रा सोच कि चमड़ी के अन्दर की चीज़ें बाहर से कैसे दिखेंगी? उसके पार का फ़ोटो तो वह काला कलूटा एक्सरे ही होता है, जो परसों डॉ. रौजरलेन धूप की तरफ़ करके देख रहे थे।'' पति के उत्तर से कान्ता जी सिहर कर बोली, ''जी ये ग़ोरे डॉक्टर तो होते ही बदमाश हैं, कहाँ तो मेरे ग़ोरे-चिट्टे बाबूजी और कहाँ वह फ़ोटो?

पत्नी की सहज सरल बातों को आधी-अधूरी सुनते हुए केदारनाथ जी ने अपनी उनींदी आँखों को अनुमति दे दी और करवट बदलकर सो गये और थकी-हारी कान्ता जी भी कुछ देर बाद गहरी नींद में सो गयी, पर शरारती चुलबुली ऋतु की आँखों में नींद कहाँ? उसने यह फूलबाई नाम अपने दोस्त बहादुर से भी सुना था।

बहादुर जब उसे स्कूल छोड़ने और लाने जाता था, तब उसे रास्ते भर ढेर सारी बातें बताता रहता था। असली राजबाड़ी से सटे अपने घर के बाहर निकलते ही पाँच-छह मकानों के बाद ट्राम लाइन वाला बड़ा रास्ता चितपुर रोड था और उसे पार करते ही बाँसतल्ला गली में उसका स्कूल था। फिर भी कुछ दूर चलने के बाद ऋतु बीच रास्ते में बैठ जाती और कहती "बहादुर भैया! पैर बहुत दुखता है, कन्धे पर बिठाकर छोड़ आओ न" उसके बहाने पर मन-ही-मन मुस्कुराता हट्टा-कट्टा बहादुर उसे कन्धे पर बिठाकर दौड़ने लगता और ऋतु की हँसी की किलकारी पूरे रास्ते में गूँजने लगती। बहादुर की दया में ऋतु की बालसुलभ सरलता और अप्रतिम सौन्दर्य का भी बड़ा हाथ था, पर ऋतु को न तो अपने भोलेपन का अन्दाज़ था, न ही सौन्दर्य का! वह तो बस ख़ुशबू भरी हवा की मानिन्द इधर-से-उधर बहती हुई सबका मन हरती रहती थी।

आज स्कूल से आते वक़्त बहादुर ने उसे बताया था कि बग़ल वाली राजशाही कोठी के मालिक बड़े बाबू ने अपनी 'बागान-बाड़ी' में परी-सी सुन्दर फूलबाई को बुलाकर रख रखा है और एकाध दिन में उसका 'खड़ा मुजरा' अपने यार दोस्तों के बीच इस राजबाड़ी के रंगघर में करायेंगे। यह पूछने पर कि खड़ा मुजरा क्या होता है, उसने राजबाड़ी के अपने दोस्त से पूछकर बताया कि इसमें गाना गाने वाली महिला, खड़ी होकर कुछ-कुछ लटके-झटके के साथ नाचती भी है।

बहादुर तेज़-तर्रार ऋतु के बाक़ी के ढेर सारे प्रश्नों को खा गया और बोला, "बच्चा! तुम हमसे इतना बात मत पूछो और अभी जो मेरा मुँह से निकल गया है, वह भी तुम माँ-बाबूजी को मत कहना।" ऋतु ने हामी

में गर्दन तो हिला दी पर आठ वर्ष की उस 'पटाखा-नानी' के सिर में फूलबाई का नाम फिरकी वाले लट्टू की तरह घूमता रहा।

माँ-बाबू जी की रात वाली बात से उसकी उत्कण्ठा चरम सीमा पर जा पहुँची थी। दूसरे दिन स्कूल जाते वक़्त उसने बहादुर को गलबहियाँ करते हुए ख़ूब दुलराया। उसकी इस प्रेम पगी अदायगी पर सीधा-सादा नेपाली निछावर होकर बोला, "बेबी! मालूम होता है, तुमको हमसे कुछ चाहिए।" गर्दन को जोरों से 'हाँ' में हिलाकर ऋतु बोली, "बहादुर भाई! सच बोलें तो आपको छोड़कर मुझे कोई प्यार नहीं करता। माँ-बाबूजी कभी भी नहीं पूछते कि हमको क्या चाहिए? कहते हुए उसने अपनी बड़ी-बड़ी शंखनुमा आँखों में मगरमच्छी आँसू भर लिए। उसकी जल-भरी टलटल आँखें देखकर नेपाल के उस भोले पंछी ने उसे पुचकारते हुए अपने से चिपका कर कहा, "बेबी, क्या हम तुम्हारा चाचा नहीं है? हमको बोलो ना? तुमको क्या चाहिए?" इस पर सीधे-सादे बहादुर को अपनी तेज़ आँखों से जाँच-परख कर वह बोली, "बहादुर भाई! भाई, आपको अपने दोस्तों से राजबाड़ी का सब हालचाल तो मालूम चल ही जाता है, इसलिए आप किसी भी तरह एक बार मुझे फूलबाई को दिखा दीजिए ना, प्लीज़? कहकर वह नाटकीया ऋतु बहादुर की पीठ से जोंक की तरह ज़ोरों से चिपक कर ऐसी झूठी-सच्ची सुबकियाँ भरने का नाटक करने लगी कि कोई मँजा हुआ अभिनेता भी क्या करेगा? शरीर से मोटा और अक़्ल में भोथा बेचारा गोरखा बहादुर! उस नौटंकी की फंकियों में ऐसा आया कि वह ख़ुद भी 'रोंदला-सा' हो गया। वह बेचारा जितना उस 'बजराक' की पतली बाहों को ख़ुद की पीठ से अलग करने का प्रयास करता, वह महारानी उतनी ही ज़ोरों से उसे जकड़ लेती। वह बेचारा ठहरा एक संवेदनशील प्राणी, कोई राक्षस तो था नहीं कि उसकी बाँहें तोड़ देता, इसलिए उसने अपना माथा पीट कर कहा, "अच्छा बाबा, हमको पशुपति भगवान का क़सम कि हम तुमरा कहे मुजब ई सब करेगा। हे मेरी माँ! अब तो तू मेरी पीठ से उतरजा, नहीं तो मैं

स्कूल के भीतर जाकर, पढ़ाने वाली दीदी को शिकायत लगा दूँगा।'' धम्म से ज़मीन पर कूद कर बहादुर को ठेंगा दिखाती वह देवी स्कूल में घुसते हुए फिर से बोली, ''बहादुर भाई, पशुपतिनाथ की क़सम याद है ना।''

दूसरे दिन स्कूल जाते वक़्त उस ऋतु देवी ने असल राजबाड़ी के बड़े दरवाज़े पर काफ़ी लोगों का जमावड़ा-सा देखा। कोई छोटे विलयती लट्टुओं की माला से दरवाज़े को सजा रहा था, तो कोई दरवाज़ों पर लगी हुई बड़े-बड़े राजशाही मुकुटों के पीतल के फ़ोटो को दवाई लगाकर चमका रहा था, तो कोई अपने कन्धे के गमछों से फ़िटनों और बग्घियों की गद्दियाँ रगड़ रहा था।

यह गहमागहमी देखकर उस 'जबरजंग' का तेज़ दिमाग़ 'आठ सौ हॉर्स पावर' की रफ़्तार से चलने लगा। उसने धीमे से बहादुर से हाथ छुड़ाया और एक ओर जाकर खड़ी हो गयी। साफ़ा बाँधे ऊँचे क़द के हट्टे-कट्टे बड़ी मूँछों वाले राजपूत जवान के बग़ल में गुलाब-सी नाज़ुक और अप्सराओं-सी सुन्दर-चपल भंगिमा वाली उस बच्ची और उस दरवान ने अनायास ही वहाँ विश्वविख्यात चित्र 'ब्यूटी एंड द बीस्ट' की प्रतिकृति प्रस्तुतकर दी थी। भोले चेहरे वाली ऋतु ने कुछ देर तो दरवान की ओर एकटक देखा, पर जब उन्होंने कोई नोटिस नहीं लिया तो अपनी नर्म-कोमल उँगलियों से दरवान जी के हाथ को हल्के से हिलाकर धीमे स्वर में पूछा, ''ठाकरा जी! आज राजबाड़ी को इतना क्यों सजाया जा रहा है?'' उस लम्बी-चौड़ी मूर्ति ने पूरी तरह झुककर एक़दम क़ायदे से उत्तर दिया, ''बेबी साहिबा! आज ज़मींदार साहब का जन्मदिन है, इसलिए पूरी रात जलसा होगा।'' ''जलसा?'' ठाकरा जी! यह ज़लसा क्या होता है? ''अरे मेरी फूलकुँवर! तू अब्बी इन सबका मतलब न समझेगी।'' अपनी बड़ी-बड़ी आँखों को और भी फाड़कर वह महामाया बोली, ''ठाकरा जी! आप बड़े लोगों की ये बात ठीक न है, जदि आप बड़े लोग हमें कुछ समझाओगे ई नहीं, तो हम बच्चे तो मूरख ही रह जावेंगे ना?''

अब क्या था? मारवाड़ी राजबाड़ी की उस छोरी ने अपनी बातों में हरियाणवी मिश्रित मारवाड़ी भाषा की लचक और लहज़े का जो 'छौंक' लगाया था, उसे सुनते ही वह साढ़े छह फीटिया साफ़ाधारी इतना ख़ुश हुआ कि उसने हुमककर उस गुलाबी-परी को अपनी गोद में उठाकर कहा, "हे मेरी लाडो! जलसे का मतलब होवै है, कई तरियाँ के नाच गाणे, जिसमैं ज़मींदार साहब के ख़ास मेहमान आवेंगे।" "नाच भी होवेगा ठाकरा जी।" "हाँ, बेबी साहिबा, वो तो होणा ही है।" यह सुनते ही वह महारानी ठाकराजी की गोद से ऐसी तेज़ी से फ़िसली जैसे बच्चे फिसलने से फिसलते हैं। उसकी इस हरक़त से बेचारे ठाकरा जी तो ऊक-चूक हो गये और ओय! ओय! करते हुए उसे सँभालने के लिए तेज़ी से आगे बढ़े ही थे कि बहादुर ने उनकी पीठ को दिलासा में थपथपाकर कहा, "साबजी उसको कुछ नहीं होगा। आप उसको जानता नहीं है, ऊपर आकाश में जब भगवान बदमाशी बाँटता था, तब इसने उसे अपना सिर में सबसे जादा भर लिया था।"

कहते हुए बहादुर ने दौड़कर आगे जाती उस 'रंगबाज' को गोद में उठाया और तेज़ी से स्कूल की ओर जाने लगा।"

"बहादुर चाचा! एक मिनट तो रुको इतना दौड़ते क्यों हो? अभी बहुत टाइम है।"

"देखो बच्चा! तुम अब चुपचाप स्कूल चलो और ख़बरदार अब तुम हमसे राजबाड़ी के लिए कुछ भी नहीं बोलेगा।"

"अरे बुद्धू चाचा! तुम इतना डरते क्यों हो? हम लोग वहाँ कोई चोरी तो करेंगे नहीं, मुझे तो ये सब लोग बूढ़े बाबाजी के साथ 'गणेश टाकीज' में देखे हुए 'राम राज्य' सिनेमा के राजा राम और रानी सीता जैसे लगते हैं, इसीलिए मैं इन्हें पास से देखना चाहती हूँ।"

"ओरे मेरी माँ हे देवी, तुम कभी उछलकर इनको छू मत लेना कि ये लोग असली है या नकली। बच्चा यदि ऐसा हो गया तो सोच लेना कि तुम्हारा बहादुर चाचा का माथा गरदन से अलग हो जायेगा।"

अपनी बड़ी आँखों को कनपटियों तक खींचकर वह घर की बड़ी-बड़ेरियों की तरह बोली, "चाचा, क्या मैं कोई बुद्धू लड़की हूँ, जो यह सब करके अपने प्यारे चाचा को डॉट-पिटवाऊँ?" कहकर वह अपने दोनों हाथों को बहादुर के गले में डालकर लाड़ से इधर-से-उधर झूलने लगी। बेचारा बहादुर हिचकोले खाता पशुपतिनाथ का नाम जपता उसे स्कूल के गेट पर पटककर भागा ही था कि पीछे से उस पटाख़ा की आवाज़ आयी, "चाचा, शाम को जल्दी घर जायेंगे, आज खेलेंगे नहीं, तुम टाइम से आ जाना।"

आज यह महारानी जल्दी घर जाकर क्या तूफ़ान उठाना चाहती है? के रेशों को मन-ही-मन खोलता हुआ वह नेपाली पंछी, जब उस चंचल तितली को लेकर लौटा तो एक झपाटे में वह महामाया असल राजबाड़ी के लम्बे-चौड़े राजपूत ठाकराजी के कान में कुछ फ़ुसफ़ुसाती नज़र आई और ठाकरा जी भी बाअदब-बामुलाहिज़ा के अन्दाज़ में पूरे मनोयोग से उसकी बात सुनते दिखे, ख़ुर्दबीनी करने पर पता चला कि इसका कारण था, वह उनके गाँव की थी, इसलिए ठाकरा जी उसे इतनी तवज्जो देते थे।

यह दृश्य देखकर बहादुर ने अपने दोनों हाथ जोड़कर कहा, "हे मेरी नौटंकी, तुम बंगाली के सामने बंगाली बन जाता है, माँ-बाबूजी के सामने हिन्दुस्तानी, बाबू का अंग्रेज़ अफ़सर के सामने क्रिस्तान बनकर गिटिर-पिटिर करने लगता है और इस ठकरा जी के सामने कैसा-कैसा तरह का मारवाड़ी बोलता है, तुम आख़िर...? बहादुर के वाक्य को बीच में ही रोककर वह 'दशभुजाधारी देवी' बोल पड़ी, "बहादुर रामरो छोरा 'ऐ माँ' बेबी साब्बास तुम तो नेपाली भी जानता है।" उसके भ्रम को जस-का-तस छोड़ वह अजूबा तेज़ी से आगे बढ़ी और दोनों राजबाड़ियों को विभाजित करती प्राचीर के अन्त में जाकर खड़ी हो गयी। दरअसल, यह मारवाड़ी राजबाड़ी इस असल राजबाड़ी के पुराने मालिकों द्वारा ही अपनी तवायफ़ प्रेयसी को उपहार स्वरूप भेंट की गयी थी। यह विभाजन

प्राचीर वर्तमान मालिकों द्वारा बनायी गयी थी, जिनके मुसाहिबों ने प्राचीर के अन्त में एक 'खोंप' सी बना ली थी, जिससे वे असल राजबाड़ी के क़ीमती सामान आराम से पार कर लेते थे और यह सिलसिला अभी भी ज़ारी था।

बहादुर ने जब कमर पर दोनों हाथ धरे, चेहरे पर मुस्कान का पहाड़ लिये, उस वीरबालिका को उस 'खोंप' के पास खड़ा देखा तब उसे साँप ही सूँघ गया और उसका सिर चक्करघिन्नी-सा घूमने लगा। वह 'हे काली कलकत्ते वाली' वाक्य को मन्त्र की तरह उचारते हुए झट से उस 'भवानी' के पास पहुँच कर शब्दों को चाशनी में डुबो-डुबोकर अत्यधिक मीठे स्वर में कहने लगा, "प्यारा बेबी! आज तुम इस कोना में क्यों खड़ा है, आओ जल्दी से घर चलें, माँ तुम्हारा चिन्ता कर रहा होगा, आओ बेबी चलें।"

"बहादुर भैया, तुम मुझे ज़्यादा उल्लू मत बनाओ। सच कहो, मुझे इस छेद के पास खड़े देखकर तुम्हारी जान निकल गयी है ना? सारे दिन कहते रहते हो कि बेबी हम तुमको सारा दुनिया से ज़्यादा प्यार करता है, झूठे कहीं के?" कहकर टेढ़ा-बाँका मुँह बनाकर बहादुर की नक़ल उतारती उसकी मुख-मुद्रा देखने के क़ाबिल थी। यदि भरत मुनि इसे देख लेते तो शायद उन्हें अपने नाट्यशास्त्र में एक अध्याय इस छुटकी-सी विशिष्ट नायिका की भंगिमाओं पर अवश्य ही जोड़ना पड़ता।

भोला-भण्डारी बहादुर मन-ही-मन यह सोचता हुआ कि इस पटाखाबम को इस रास्ते का पता कैसे चला और यह देवी इस रास्ते की खोज़ कर क्या गुल खिलाने वाली है? उसने एकाध बार उसे टटोलने की कोशिश में उनकी चिरौरी कर पूछा भी, पर उस बन्दी ने उसका हाथ झटक दिया और यह राज़ उसे किसी भी तरह नहीं बताया। मन-मसोस कर उसके साथ घसिटता-सा बहादुर और ऋतु जब घर के सामने पहुँचे तब उन्हें दरवाज़े पर बग्घी खड़ी दिखी। बग्घी देखते ही ऋतु के पर निकल आये और वह उड़कर माँ-बाबू जी के दरबार में जा पहुँची।

"माँ, क्या आप लोग बाहर जा रहे हैं? दरवाज़े पर बग्घी खड़ी है और बाबूजी भी झकाझक कुर्ता-धोती पहन कर तैयार हैं।" माँ ने अपनी कुहनियों तक के झालरदार ब्लाउज वाली तर्जनी से कान के पीछे तक हल्का-सा इत्र लगाया और बोलीं, "हाँ, बेटा, हमलोग 'नटी-विनोदिनी' नाटक देखने जा रहे हैं। सुना है, इसे अनेक बड़े लोगों की प्रशंसा हुई है और यहाँ तक कि ठाकुर रामकृष्ण परमहंस ने भी इसे अपना आशीर्वाद दिया है।"

सारी दुनिया की सादगी और भलाई चेहरे पर समेट कर वह महामना बोली, "माँ क्या आप लोगों को आने में देर होगी?"

"बेटा, कुछ देर तो हो ही जायेगी, इसलिए मैं चम्पा को कह दूँगी कि तुम्हारे पास ही रहे।"

इस पर वह छप्पन छुरी बोली, "माँ, तुम मेरी चिन्ता मत करो। मुझे बहुत पढ़ाई करनी है और रामू भैया,-बहादुर भैया, महाराज जी ये सब भी तो घर पर ही हैं।"

बेटी के मुँह से ऐसी समझदारी भरी बातें सुनकर, माँ पुलकित हो गयी और लाड़ में उसे अपने से चिपका कर बोली, "मेरी बेटी, दुनिया की सबसे अच्छी बेटी है।" इस दृश्य को देखकर आदमज़ाद की तो हैसियत ही क्या! वह ऊपर बैठा नट तक चकरा गया था, क्योंकि वह जानता था कि भविष्य के गर्भ में तो कुछ और ही छिपा है।"

इधर, माँ-बाबू जी नाटक के लिए निकले और उधर वह तूफ़ान मेल घेरदार फ्रॉक पहने हाथ में एक छोटा-सा काग़ज़ लिये बहादुर की पीठ पर हल्का-सा धौल मार कर यह बोलती नज़र आयी, "बहादुर भैया, झट से उठिए, चलना है।"

"कहाँ? इतना रात को कहाँ जाना है बेबी। उसके प्रश्न को अनसुना कर उसे हाथ से खींचकर उठाते हुए ठुनकती-सी ऋतु जी बोलीं, भैया, आज जलसा है न? याद है, आपने पशुपतिनाथ की क़सम खायी थी कि मुझे फूलदेवी के दर्शन करायेंगे, तो चलिए?"

"हे मेरा अम्मा! हम तुमको बड़ा कोठी में ले जाने का वादा तो किया नहीं था। बेबी हम तुम्हारे सामने हाथ जोड़ता है, मुझको मराने का काम मत करो।" कहकर वह जूड़ी बुख़ार के मरीज़-सा काँपने लगा और वह देवी? वह! तीन-चार वर्ष की उम्र में बड़े मामा के साथ दिल्ली में देखी हुई राष्ट्रपति की झाँकी के चारों ओर अकड़कर खड़े सेनाध्यक्षों की तरह तनकर खड़ी रही। बहादुर ने उसे बहुत 'बहलाने-फुसलाने' की कोशिश की, पर वह देवी तो अंगद के पैर-सी वैसी-की-वैसी अड़ी रही। झख मारकर बहादुर ने अन्तिम शस्त्र चलाते हुए कहा, "बेबी राजबाड़ी का गेट पर तो बड़ा-बड़ा दरवान खड़ा है, हम लोग अन्दर घुसेगा कैसे? वे लोग तो हमको बन्दूक से मार ही डालेगा?" सुनकर उस मूर्ति में हरक़त हुई और वह लेफ़्ट-राइट की मुद्रा में बहादुर को हाथ से पीछे आने का इशारा करते हुए पैरों को दबाकर रखती हुई आगे बढ़ चली। वशीकरण मन्त्र मारे हुए जीव की तरह भौंचक्का-सा बहादुर उस देवी के चरण चिह्नों पर सँकरी गलियों से होते हुए पिछवाड़े की ओर चल पड़ा और आश्चर्यजनक ढंग से वे लोग रंग-दरबार के पिछले दरवाज़े पर जा खड़े हुए।

बहादुर आँखें फाड़े भारी मखमली पर्दों पर तीन-चार तलिया 'झूमरों' से जगमगाते उस परी लोक को देखकर सिसकारी भरने वाला ही था कि उसे रास्ते भर दी हुईं ऋतु की हिदायतें याद आ गईं, जिसमें अन्त की यह चेतावनी भी शामिल थी कि यदि बहादुर कोई भी भूल करेगा, तो वह वीर बालिका वहाँ से रफ़ू-चक्कर हो जायेगी और यदि फिर भी वे लोग पकड़े गये, तो वह इजलास में बहादुर को पहचानने से भी मुकर जायेगी।

साठ वर्ष पहले घटी इस घटना का एक ऐसा पूर्ण-चित्र ऋतु की आँखों के सामने आ खड़ा हुआ था कि वह स्वयं अपनी पूर्वदीप्ति में उभरे इस सरस, सजीव, छायाचित्र को देखकर स्तम्भित थी। उसे अपनी चित्रोमय पूर्ण स्मृति का ज्ञान तो था और उसने अपनी इस विलक्षण

प्रतिभा से बचपन से ही औरों को एवं स्वयं को भी चौंकाया था, पर एक साधारण-सी घटना उसे इतनी गहराई से सही नुक़्तों सहित याद होगी, यह उसकी भी सोच से परे था।''

तभी एक आवाज़ ने उसके स्मृतियों के रेले को वापस पटरी पर ला दिया। फूलबाई कत्थक के परण में चक्कर-पर-चक्कर लगा रही थीं कि पर्दे के नीचे रखा पीतल का एक बड़ा सा नक़्क़ाशीदार गमला लुढ़क गया। महफ़िल तारसप्तक पर अपने पूर्ण यौवन में सुर, सुरा और सौन्दर्य को साथ लिये मय ताल-छन्दों के गमगमा रही थी कि इस विवादी स्वर ने वहाँ तहलका मचा दिया। ज़मींदार बाबू के मुसाहिब बिजली की गति से उस कोने की ओर दौड़े। इकहरे बदन की दुबली-पतली ऋतु ने अपनी साँस रोक ली और मखमली मोटे पर्दे से एकाकार होकर अस्तित्वहीन हो गयी। मुसाहिबों ने जब इधर-उधर काफ़ी खोज़बीन की, तो अचानक उन्हें कोने में दुबकी ज़मींदार बाबू की लाड़ली सियामी बिल्ली दिखाई पड़ी, फिर क्या था एक मुसाहिब ने उसे लपककर उठाया और अपने दुप्पटे में उसे लपेटकर यों ले चला गोया वह बिल्ली न हो, इस राजबाड़ी का नवज़ात वारिस हो। इसके साथ ही ज़मींदार साहब ने आँख के इशारे से नृत्य को वहीं से उठाने का आदेश दिया, जिस ताल पर वह थम गया था।

सारी महफ़िल उस समय 'अश्-अश्', 'वाह-वाह' कर झूम उठी, जब फूलबाई ने ताल के पौने हिस्से से उसे ज्यों का त्यों का उठा लिया और उसी गति से वापस चक्कर लगाने लगी। उनके इस अभूतपूर्व तालमेल पर न केवल धरती के मानुष, बल्कि आकाश के देवता एवं अप्सराएँ तक चकित रह गये थे। ज़मींदार साहब ने उनकी इस कारीग़री पर अशर्फियों से भरी एक थैली उन पर न्योछावर कर दी। सिर को ज़मीन तक लाकर फूलबाई ने बिना ताल भंग किये ख़ास अदायगी से उस थैली को चूमते हुए उसे अपने सिर से छुआया और फिर उसे आहिस्ता से अपनी परिचारिका के बढ़े हुए हाथ में थमा दिया। फूलबाई का झुक-झुककर किये हुए लखनवी तहज़ीब के जलवे और सलीक़े से

ऋतु अचम्भित थी और उसे पक्का विश्वास हो गया था कि हो-न-हो बड़े ज़मींदार बाबू ने इन्हें परीलोक से चुराया है। वह अपनी बड़ी आँखों को बिना पलक झपकाये एकटक उस परी को देखे जा रही थी कि उसे बहादुर द्वारा हल्के से खींचा गया हाथ भी वज्र-सा कठोर लगा और वह आकाश में उड़ना भूल सीधी धरती पर आ गिरी।

बहादुर उसे खींचता हुआ ले जा रहा था और वह अपनी खुली आँखों से भी कुछ न देखती हुई खिंची हुई चली जा रही थी। मारवाड़ी राजबाड़ी पहुँचकर बहादुर ने चम्पा आया को इशारे से बुलाया और दोनों ने मिलकर किसी और ही लोक में विचरण करती, उस महामाया की काया को बिस्तर पर लेटा दिया। आश्चर्यजनक है, यह तथ्य कि ऋतु एक भी शब्द बोले बिना एक मूर्ति की तरह सीधी सो गयी।

आज की ऋतु साक्षी-चेता की तरह इस दृश्य की मीमांसा कर इस नतीजे पर पहुँची कि एक़दम अनोखी अनजान दुनिया से प्रथम साक्षात्कार होने पर उस छोटी-सी बच्ची का यह हश्र होना एक़दम स्वाभाविक था। आज साढ़े छह दशक बाद भी जब एक उम्रदराज़ और परिपक्व महिला उसके स्मरण मात्र से इतनी प्रभावित हो रही है, तो उस बच्ची का उस सम्मोहन में अपनी सुध-बुध खो बैठना तो एक साधारण-सी बात है।

लाड़-दुलार से पगे हँसते खिलखिलाते दिन पँख लगाकर उड़ रहे थे और उनके साथ उड़ रही थी, सबकी आँख का तारा ऋतु। बहादुर के साथ दौड़-दौड़कर किलकारियाँ भरती ऋतु को उस दिन पाला मार गया, जब वह अपनी मस्ती में कूद-कूदकर सीढ़ियाँ उतरती हुई अचानक एक पत्थर-सी कठोर महिला से जा टकराई, जिसने उसे इतने ज़ारों से धक्का दिया कि वह ऊपर से नीचे तक डर से काँपती हुई, बहादुर और सरकार बाबू से जा चिपकी। तभी उसके कानों में नुकीली लकड़ी जैसे हाथ-पैरों वाली, उस कृशकाय महिला का कर्कश और चीख़ता हुआ स्वर तपते सीसे-सा आया, "ऐ सरकार बाबू, लगता है, यह बड़दा की

वही बिगड़ैल बेटी है, जिसकी कीर्ति मैं मुर्शिदाबाद से सुनती आ रही हूँ। आप इसे और इसके माँ-बाप को साफ़-साफ़ समझा दीजिएगा कि अब इस घर की मालकिन मैं हूँ, ये लोग नहीं, इसलिए न तो यह इठलाये और न ही ज़रा भी हेकड़ी दिखाये, क्योंकि आपको तो याद ही होगा कि सौतेले भाई गणपत के बेटे की कनपटी पर मेरे मारे तमाचे से न केवल उसका पूरा चेहरा तीन दिन तक सूज रहा था, बल्कि उसे तेज़ बुख़ार भी हो गया था। आप तो जानते ही हैं, मेरे भाइयों के चोंचलों को! उसी वक़्त कलकत्ते का सबसे बड़ा डॉक्टर आनन-फानन में यहाँ आ गया था और उसने कहा था, ''ख़ुदा का शुक्र है कि कान का पर्दा ठीक है, फटा नहीं वर्ना इतने छोटे बच्चे को इतने ज़ोरों का चाँटा पड़ने से कुछ भी हो सकता था, साथ ही आपको यह भी ज़रूर याद होगा कि इस पर भी गणपत और उसकी पत्नी ने मुझे एक शब्द तक नहीं कहा था, उलटे वे अपने बेटे को ही समझा रहे थे कि उसे बदमाशी नहीं करनी चाहिए थी। इसके उलट जैसा आप सबने भी देखा है कि केदारनाथ ने अपनी इस बेटी को कितना अधिक सिर पर चढ़ा रखा है। उसकी ज़ुबान तो हर वक़्त एक ही रट लगाये रखती है, ''मेरी ऋतु इतनी मेधावी, मेरी ऋतु पढ़ने में इतनी तेज़, मेरी ऋतु फलाँ, मेरी ऋतु ढिमकान, इतना ही नहीं उसने सबसे सौ बार कहा होगा, ''याद है ऋतु ने प्रसिद्ध कवयित्री सुभद्रा जी चौहान के सामने उनकी पूरी कविता इतने सुन्दर ढंग से सुनायी थी कि वे इस पर मुग्ध हो गयी थीं और उन्होंने प्यार से इसका नाम अर्चना रख दिया था। इतना ही नहीं एक दिन वह मुझे भी सम्बोधित कर बोला था, ''दीदी याद है ऋतु न, एंड्रयूल कम्पनी के स्टेरेक साहब और गैलवे साहब से कैसे शुद्ध अंग्रेज़ी में फटर-फटर बातें कीं थीं कि वे लोग इस पर मुग्ध होकर कहने लगे थे कि इसे हमें गोद दे दीजिए।''

'हुँह, झूठे, परले सिरे के माना कि यह लड़की साफ़ रंग की है, पर इसे अंग्रेज़ साहब गोद लेना चाह रहे थे, यह बात केदार यदि गंगा जी में भी खड़ा होकर कहे, तो भी मैं ना मानूँ।'' अपनी ऐसी ही ढेरों कटुक्तियों

की माला जपने के बाद, कृष्णा बुआ जब वहाँ से जाने लगीं, ऋतु के सिर में ज़ोर से 'ठोका' मारना नहीं भूली। आख़िर वे अपने उसी बदमाश भाई की बहन जो ठहरी, जिसने माँ का सात किलो सोना बेच खाया था और यह घर भी आधा गिरवी रख आधा बेच दिया था। रसूखवाली माँ के भाइयों ने कहा भी था, "जीजा जी, हमें अनुमति दीजिए, हम इनको हथकड़ी लगवा देंगे।" इस पर केदारनाथ जी ने साफ़ ना कर दिया था। उनका कहना था कि जिसे अपने बच्चे की तरह पाला है, उसे ज़ेल कैसे भिजवा दें। हालाँकि इस बात पर उन्हें जीवन भर पत्नी के ताने सुनने पड़े थे।

आश्चर्यजनक ढंग से ऊपर से नीचे तक रईसी में पगे हुए मारवाड़ी राजबाड़ी के बाशिन्दों ने जिस ख़ूबसूरती से अपने रहन-सहन को उच्चवर्ग से मध्यवित्त में बदल लिया था, वह क़ाबिले तारीफ़ था। परिवार के किसी भी सदस्य के माथे पर वर्तमान के कष्टों की कोई शिकन नहीं थी, बल्कि वे कभी भूल से भी कोई फरमाइश करना तो दूर हर वक़्त केदारनाथ जी और कान्ता जी को सान्त्वना देते नज़र आते थे।

केदारनाथ जी ने मारवाड़ी राजबाड़ी तो छोड़ दी थी, पर उन्होंने जीवन जीने के अपने ख़ास तौर-तरीक़ों को नहीं छोड़ा था। हालाँकि वे शिवठाकुर गली के चौक वाले मकान में किरायेदार बनकर आये थे, पर अपनी मेधा के कारण उन्होंने वहाँ भी अपनी पौबारह कर ली थी।

सबसे पहले तो उन्होंने बड़े कमरे के बरामदे में ऊपर अटारी पर एक टंकी रखवाकर वहाँ एक स्नानघर बना लिया, जिसमें चौबीसों घण्टे पानी का इन्तज़ाम था और हाथ धोने का एक बेसिन भी लगवा लिया था। ऊपर से वे काम के लिए बहादुर को और खाना बनाने के लिए मिसरानी जी को भी लाना नहीं भूले थे। वे राजबाड़ी से छोटे वाले रेफ्रीजरेटर और छोटी वाली गाड़ी भी साथ ले आये थे।

जन सैलाब से उफ़नते उस मक़ान के सौ-सवा सौ बाशिन्दों में किसी के भी पास ये ठाठ क्या, ऐसा एक भी सरंजाम नहीं था।

हालाँकि केदारनाथ जी ख़ाक़ती की हालत में वहाँ आये थे, पर उनके मन-मिज़ाज, बातचीत का सलीक़ा, उठ-बैठ, सब पर आभिजात्य वर्ग की छाप उन्हें औरों से अलग ठहराती थी। ऊपर से वे परले सिरे के मिलनसार और ऊँचनीच का क़ानून-क़ायदा रखने वाले व्यक्ति थे।

केदारनाथ जी की अत्यन्त ख़ासम ख़ास ख़ासियत यह थी कि वे कभी पीछे नहीं देखते थे, न ही अतीत की परछाइंयों में जीते थे। वे हमेशा उगते सूरज के साथ दौड़ने का हौसला रखते थे। उन्होंने अपने बूते पर एक़दम नया काम 'स्टोर्स सप्लाई' का शुरू कर दिया और माँ के मोती और पन्ने के गहने बिकवाने बन्द कराकर, अपनी कमाई से घर ख़र्च चलाने लगे। कान्ता देवी भी केदारनाथ जी की तरह ही कर्मठ थीं और फ़ख़्र से कहा करती थीं, "बच्चों मेहनत से थकना मत, किसी से डरना मत, याद रखना तुम लोगों में हरियाणवी ख़ून है, जो राजस्थान और पंजाब के मिलन से बना है।"

ऋतु ने रगड़-रगड़कर आँखें मलकर देखा, उसे लगा शायद वह खड़ी-खड़ी ही सो गयी थी और यह सब एक सपना था या एक ऐसी हक़ीक़त थी, जो उसकी आँखों के सामने खुलती तेज़ रफ़्तार की रीलों में इधर-उधर बिला गयी थी और शायद इस हक़ीक़त को उसका दिल और दिमाग़ स्वीकार नहीं करना चाहते थे।

तभी पड़ोस की सरला ने ठेठ मारवाड़ी लहज़े में ऋतु को झकझोरते हिलाते हुए कहा, "ए रितु, तू हमेसा आँख्या फाड़कर हर चीज़ नै अचरज से क्यूँ देखती रहब।"

सरला की इस उक्ति ने ऋतु को यथार्थ के ठोस धरातल पर ला खड़ा किया और उसने अपनी बड़ी-बड़ी आँखों में शिवठाकुर गली के लोगों से बजबजाते उस पाँच तलिया बड़े से मकान को आत्मसात् कर लिया। परिणामस्वरूप कुछ ही दिनों में उस मकान की कम पढ़ी-लिखी लड़कियों की पाँत-की-पाँत इस तरह ऋतु के साथ चिपककर रहने लगीं जैसी घर लौटते पक्षियों की पाँतें होती हैं।

क्या हुआ जो पटाखा ऋतु राजबाड़ी की जगह शिवठाकुर गली के उस जन संकुल मकान में आ गयी थी, पर उसके स्वभाव का चटपटा और करारापन तो ढलने की जगह और भी ज़्यादा 'सान' पर चढ़ गया था। यहाँ आकर उसकी दोस्ती मात्र मकान के लड़के-लड़कियों तक ही सीमित नहीं रही थी, बल्कि ड्योढ़ी वाले धोबी की दुकान में टंकी में तैरती मछली और उसका मालिक, या कि रबड़ीवाले चौबे जी और उनका मोटा बेटा भोजू, बर्फ़ की चुस्की वाले घीसाराम जी, लाल ओंठ रंगते पान बनाने वाले नत्थू पनवाड़ी; सबके सब उसके मुरीद थे और वह हर दिल अजीज़ थी। जब वह स्कूल बस से गली की नुक्कड़ पर उतरती, तब वहाँ बसन्त की बयार-सी एक ख़ुशनुमा ध्वनि गूँजने लगती, यथा : 'आ गयी बिटिया', 'आ गयी ऋतु दीदी', 'आप आ गये तो हम बरफ़ घसें बिटिया रानी', 'अरे बिटिया आज रबड़ी खइबे कि ताज़ा रस क़दम', साथ ही पुचके वाले रामफल बाबा एक दोने में चार पुचके सजाकर यह पूछते नज़र आते कि बिटिया, 'अबही खइबे या ठहर के खइबे', गोया वह छुटकी-सी ऋतु एक बच्ची न होकर विलायत की महारानी विक्टोरिया हो।

उसके ये सारे ठाठ-बाट देखकर एक दिन ऋतु से बड़ी पुष्पा ने कान्ता देवी से पूछा भी था, "माँ यह सारी दुनिया इस ऋतु को क्यों इतना सिर चढ़ाती है?" इस पर कान्ता देवी ने अपने साधारण उत्तर से उसे ऋतु के जीवन जीने का मूल मन्त्र दे दिया था। उन्होंने कहा, "पुष्पा बेटा, ऋतु का मन बहुत ही सीधा और साफ़ है। वह सबको सच्चे मन से प्यार करती है। यदि ध्यान से देखो, तो वह सड़क साफ़ करने वाली जमादारिन से भी उसी अपनेपन से बतियाती है, जैसे अपने दोस्तों से। उसका यह अद्‌भुत गुण सहज ही सबका मन जीत लेता है और सारी दुनिया उसके लिए पलक-पाँवड़े बिछा देती है। अब अपनी पड़ोसन ताई को ही लो, वे एक नम्बर की कंजूस हैं और पूरे मकान में किसी से भी सीधे मुँह बात नहीं करतीं, पर वे भी ऋतु पर जान छिड़कती हैं। वे उसे न केवल रोज़

अपने साथ गंगा जी नहाने ले जाती हैं, बल्कि लौटते समय उसके पूरे चेहरे पर छापे छपवाने का पूरा एक आना भी अपने-पॉकेट से ही देती हैं।' कान्ता देवी ऋतु के व्यवहार की मीमांसा करते समय इस तथ्य को रेखांकित करना भूल गईं कि चूँकि ऋतु के सौन्दर्य के सामने कालिदास की नायिकाएँ भी पानी भरती थीं, इसलिए इन सम्बन्धों का एक कारक-तत्त्व ऋतु की मनमोहिनी अप्रतिम सुन्दरता भी थी।

अजब क़िस्म का बेपरवाह अन्दाज़, जिसमें न तो इस बात का कोई भान था कि वह लड़की है, न ही अपने सुन्दर होने का कोई अता-पता, वह तो बस पहाड़ी झरने-सी कूदती-फाँदती रहती और उसी रौ की विवेकानन्दी रफ़्तार में ये ढेरों रिसाले पढ़ डालती थी या बेसिर-पैर का कुछ लिख लेती थी। इस लिखने के चक्कर के कारण ही उम्र के सात-आठ बसन्तों के समय ही उसके दो-तीन बचकाना प्रेम प्रकरण भी हो चुके थे, जो उसके पत्र लिखने के शौक़ के कारण हुए थे। उम्र में उससे पाँच-छह वर्ष बड़े लड़के उससे सचमुच में प्रेम कर, बाज़ारू किताबों से नक़लकर उसे प्रेम-पत्र लिखने लगे थे। एक बार उसके बस्ते से सारे पत्र स्कूल की बड़ी लड़कियों के हाथ लग गये फिर क्या था, उन्होंने उसकी मोटी-मोटी चोटियाँ खींचकर और गालों को चटकाकर कई दिनों तक उसका ऐसा मखौल उड़ाया कि उसने फिर कभी भी चिट्ठी न लिखने की क़सम खा ली। इस घटना के बाद ऋतु ने अपने प्रेम पत्र लिखने वाले दोस्तों को भी अपनी लिस्ट से काट दिया।

इन्हीं दिनों ऋतु जी अपने बचपने के कारण एक कबाड़े में फंस गयी। बेपरवाह, बिन्दास ऋतु को न तो यह अन्दाज़ था कि उसका शरीर उसकी उम्र के अनुपात में दूनी तेज़ी से बढ़ रहा था, न ही उसे यह अन्दाज़ था कि उसका दोस्त कन्हैया लड़का है और वह लड़की। हालाँकि उस मकान की संस्कृति एवं तौर-तरीक़ा लड़के-लड़की के भौगोलिक बँटवारे का हामीदार था, पर ऋतु की मानसिकता में ऐसी कोई लकीर थी ही नहीं, उसके लिए जैसी तरबीणी और सरला, वैसा ही उनका भाई चन्द्र,

तीनों एक बराबर। इसलिए वह लड़कों से भी उतनी ही सटी रहती थी, जितनी लड़कियों से। यह बात इतर है कि सौ आदमियों से गमगमाते उस मकान की महिलाओं वाली सौ प्रतिशत आबादी ऋतु की इस हरक़त से सख़्त नाराज़ रहती थी, पर मुँह पर कोई कहे तो क्या कहे और उसे क्या कहकर समझाये, यह बात वे समझ नहीं पाती थीं।

ऋतु ने जब एक दिन गली के नुक्कड़ वाले 'चापाकल' के पास रहती और चौबीसों घण्टे वहीं खाती-पीती, सोती, एक गूँगी-पगली की 'चाँद' सी नवजात बेटी को अपनी छाती से कसकर चिपका लिया, तो पूरी गली में कोहराम मच गया। उसके ही नहीं, बल्कि उस गली के और भी तीन-चार मकानों के बाशिन्दों ने मिनटों में उस बच्ची को ऐसे घेर लिया मानो बिना जन्माष्टमी के ही वहाँ कृष्ण भगवान का आगमन हो गया हो। उस बच्ची का अपरूप-रूप देखकर वहाँ उपस्थित पूरी भीड़ यही सरगोशियाँकर रही थी कि आखिर 'वह किसकी बेटी हो सकती है?', पर वहाँ के हालात ऐसे थे कि वह 'पगली' ऋतु को छोड़कर यदि कोई उस बच्ची को छूता भी तो वह 'गों-गों' कर ऐसा शोर मचाती कि वह व्यक्ति सहमकर भाग जाता।

इन सारी गहगहमी के बीच एक दिन दोपहर के सन्नाटे में ऋतु जी वहाँ आकर अपने 'चाँद' के टुकड़े को मन भर के उछाल-उछालकर खिला रही थीं कि तीन तल्ले वाली भौजाई जी वहाँ आ धमकीं और ऋतु को बोलीं "ऋतु इको मुण्डो (चेहरा) जरा बायीं तरफ़ घूमा।" उसके चेहरे को आड़े-तिरछे विभिन्न कोणों से निरख-परखकर उन्होंने फुसफुसाकर अपने साथ आयी अपनी ख़ास सहेली से कहा, "सुमित्रा मुझे तो इसका 'हुँणियारा' (नाक-नक़्श) चार तल्ले वाले भाई जी से मिलता लगता है।" उनके इस अनुसन्धान का नतीजा सुनते ही ऋतु ने उछलकर उनकी बाँह पकड़कर कहा, "ताई जी मुझे भी यह बात बताइए ना।" भौजाई जी उसका यह प्रश्न सुनते ही तेज़ी से वहाँ से जाने लगीं पर जाते-जाते वे ऋतु को डपकर बोलीं, "ऐ रितु, ख़बरदार जो या बात मुँह

से निकाली तो।'' इसके साथ ही उन्होंने अपने माथे पर दोहत्थड़ मारकर अपनी साथिन से कहा, ''मेरी तो मति ही मारी गयी थी, जो मैंने इस मूर्खा के सामने यह बात कह दी, देखना यह जण-जण के सामने इसका बखान करती फिरेगी।'' लेकिन यह उनका भ्रम था, ऋतु ठहरी हिदायतों की परम रक्षक इसलिए उसने यह बात किसी को भी नहीं बतायी, हाँ, उसने उस मकान के सारे पुरुषों के चेहरे के पास ले जा, ले जाकर अपनी 'चाँद', के चेहरे को मिलाना शुरू कर दिया। अब क्या था? शाम तक पूरे मकान में हड़कम्प मच गया और ऋतु जी की पेशी माँ के इजलास में हुई; ''ऋतु बेटा, तुम यह क्या कर रही हो, क्यों उस पगली की बेटी को छाती से चिपकाये, सबसे उसका चेहरा मिला रही हो।'' अपनी चित्रोपम विलक्षण स्मरणशक्ति के कारण ऋतु ने भौजाई जी वाली पूरी घटना मय 'प्राप्स' के माँ के सामने बयाँ कर दी। माता जी ने आव देखा, न ताव, लगी भौजाई जी को डाँटने? और देखते-ही-देखते तीन तल्ले से कान्ता देवी के और चार तल्ले से भौजाई जी के, सवाल-जवाबों ने वहाँ अच्छे-ख़ासे महाभारत की सृष्टि कर दी, जिसका अन्तिम सार यह था कि इस वाक् युद्ध की रचयिता यह ऋतु ही है। बेचारी ऋतु अपनी बड़ी-बड़ी आँखें फाड़े इस अबूझ पहेली को समझने का प्रयास कर ही रही थी कि उसके गाल पर माँ का करारा तमाचा इन शब्दों के साथ पड़ा, ''हुँह, तो या ऋतु ही है 'काचरी को बीज' (विघ्न की जड़)।''

केदारनाथ जी के ऑफ़िस से घर आते ही कान्ता देवी ऋतु का हाथ खींचती हुई उसे केदारनाथ जी के पास लायी और बोलीं, ''अब भोगिए सुबह से शाम तक बेटी को कहानी-उपन्यास पढ़ाने का नतीजा, बित्ते भर की छोकरी और तरीक़े बड़ी-बूढ़ियों के। इसके साथ ही उन्होंने ऋतु की चेहरा मिलाने वाली कारस्तानी भी उन्हें सुना दी।

आश्चर्यजनक बात यह थी कि केदारनाथ जी ने पूरी नालिश के बाद भी ऋतु को डाँटना तो दूर उसे खींचकर ख़ुद से चिपका लिया और उसे प्यार करते हुए बोले, ''कान्ता जी इसमें ऋतु की क्या ग़लती है?

सौभाग्य की बात है कि यह इतनी जिज्ञासु है। आप मानकर चलिए कि जो बच्चे जिज्ञासु नहीं होते हैं, वे आगे जाकर महा भोथरे सिद्ध होते हैं।''

केदारनाथ जी का यह वक्तव्य सुनकर कान्ता देवी का मुँह और भी फूल गया और वे कन्धे उचकाकर वहाँ से चली गयी, लेकिन उन्हें क्या पता था कि केदारनाथ जी की आज की वाणी सच सिद्ध होगी और ऋतु अपनी मेधा और बुद्धिमता के ऐसे-ऐसे प्रतिमान स्थापित करेगी कि सारी दुनिया उसे सराहेगी।

एक साथ बीस सीढ़ियों को कूदकर लाँघती बेपरवाह ऋतु बड़ी होती जा रही थी, पर न तो उसके मन को और न ही उसके तन को इसकी कोई सुध थी, वह तो बस उड़ते परिन्दे-सी इस शाख से उस शाख पर पहुँच जाती और पक्षियों के कलरव की तरह ही नाना प्रकार की बोलियाँ सीखकर उन्हीं की बोली में उनसे बातचीत करती अर्थात ''थे कोंकर हो, भौजाई सा'', (आप कैसी हैं भाभी जी?) ओसवाल भौजाई जी से बीकानेरी में पूछना या कि शेखावटी की मारवाड़ी में त्रिवेणी से बात करना कि ''ऐ तरबीणी तू कठै जाकर आयी है'' (तुम कहाँ जाकर आई हो?) इतना ही सामने वाले मकान की बंगालन पूर्णिमा से खाँटी बांग्ला में, चौबे जी से ब्रज भाषा में और नत्थू पनवाड़ी एवं घीसाराम से भोजपुरी में बेधड़क बात करके वह सबका मन जीत लेती। सीमित बुद्धि की मालकिन कान्ता देवी समेत उस मकान के सारे लोग-बाग़ उसकी ग्रहण क्षमता की सराहना तो दूर, अक्सर यह कहते नज़र आते कि ''अरे, छोड़ो उस ऋतु की बातें और रंग-ढंग। वह तो लड़कों की तरह केवल पतंग के पेंच ही नहीं लड़ाती है, बल्कि माँझे की 'लटाई' हाथ में पकड़े-पकड़े पाँच तल्ले से छह तल्ले की छोटी छत पर चढ़ जाती है और वहाँ से पेंच लड़ाती हुई 'बाय-काटा', 'बाय-काटा' चिल्लाती है।

वैसे उनका इस तरह का 'जिकरा' कोई अतिशयोक्ति नहीं था और इसका सबूत भी ऋतु जी प्रतिदिन देती ही रहती थीं। एक बार ऋतु देवी छह तल्ले वाली छोटी छत से उल्टे पैर से चलकर 'बाय-काटा',

'बाय काटा' करती हुई अपनी सारी इन्द्रियों को आँखों में समेटकर उन्हें एकटक पतंग पर गड़ाये वहाँ से पाँच तल्ले की बड़ी छत पर सिर के बल जा पड़ी थी और उसे पहली बार पता चला था कि दिन में तारे दिखना क्या होता है? पर दो-चार बाल्टी पानी पड़ने से होश में आते ही उसका पहला प्रश्न था, "माँ को किसने ख़बर की?" गोया उसका गिरना 'ना कुछ' था और माँ के सामने शर्मिंदा होना 'बहुत कुछ।'

पड़ोसियों के ही नहीं, उनके परिचितों तक के विवाहों में जाकर वहाँ गीत गाना और नाच में भाग लेना, उसकी प्रकृति का अहम् हिस्सा थे। माँ जब भी उसे इस विषय में समझाती, उसका यह उत्तर उन्हें निरुत्तर कर देता, "माँ, बेचारे, मेरी कितनी बड़ाई कर रहे थे। वे सब बार-बार मेरा नाम पूछकर कह रहे थे, "भई, मानना पड़ेगा नरमदा की भायली ने (सहेली) अपने नाचने-गाने से क्या ही रौनक ला दी!" माँ लाख समझाती 'बेटा ये सारे लटके-झटके तुमको मूर्ख बनाने के हैं, वरना ये लोग ही पीठ पीछे तुम्हारी बुराई करते हैं।"

ऋतु कहती, "माँ, पीठ पीछे करते हैं ना, सामने तो कुछ कहते नहीं, इसलिए उनको करने दो।"

ऋतु की ये लम्बी-चौड़ी बातें सुनते वक़्त कान्ता देवी को लगता जैसे ये बातें ऋतु नहीं साक्षात् केदारनाथ जी ही बोल रहे हैं और उनका पारा केदारनाथ जी के लिए और भी चढ़ जाता। वैसे इसमें केदारनाथ जी का योगदान भी कम नहीं था यथा, "कान्ता जी, जब ऋतु को गणगौर की पूजा करातीं तो वे 'गणगौर' को 'ईस्सर' समेत उठाकर गंगा जी भिजवा देते और कहते, "अभी इसे पढ़ने दीजिए।"

यदि कान्ता जी कहतीं, "ऋतु अब तुम बड़ी हो गयी हो अपने कपड़ों में बटन ख़ुद लगाओ, तो केदारनाथ जी ऋतु से कहते, "बेटा सब कपड़े इकट्ठे कर लिया करो और जब भी नुरुद्दीन मास्टर जी (दर्जी) आयें, उन्हें यह कह कर सारे कपड़े दे देना कि "बाबू जी ने कहा है कि आप इन्हें अच्छी तरह ठीक कर दीजिए, बाबू जी आपको आपका

इसका पूरा मेहनताना दे देंगे।'' देने वाला और लेने वाला यह काम इतनी सावधानी से करते कि कान्ता जी को इसकी भनक भी नहीं पड़ती।

शिवठाकुर गली के इस कमरे में एक और तनातनी शाश्वत थी, उसकी वहज थी–बच्चों का 'बंगाली-प्रेम', विशेषकर ऋतु का और कान्ता देवी का उन पर क्षोभ। बंगालियों के बच्चे गायन और साहित्य प्रेम के दीवाने थे, पर वे मानती थीं कि चाहे जो कहो, पर यह कौम महाआलसी है। यहाँ तक कि एक दिन तो बच्चों और माँ के बीच वाक् युद्ध के बाद छीना-झपटी भी हो गयी।

हुआ यह था कि प्रत्येक रविवार की तरह 'बंगाली शरणार्थी' उस दिन भी हाथ में चादर की झोली बनाये मार्मिक गीत गाते हुए गली में आये और सब लोगों ने ऊपर के बरामदों से पुराने कपड़े, पैसे आदि उनकी झोली में डालने शुरू कर दिये। ऋतु की 'बंगाली सहानुभूति' और वह भी लुटे-पिटे बंगालियों की, किसी से छिपी न थी, इसलिए कान्ता देवी उसे यथाशक्ति पुराने कपड़े दे दिया करती थीं। ऊपर से ऋतु पड़ोसियों से माँगकर भी कपड़े ले आती थी, पर उस देवी को इतने में कैसे सन्तोष होता! वह तो बरामदे में तार पर सूखते नये कपड़ों की चिटकनी भी धीरे से खोलकर वे कपड़े भी नीचे टपका देती। एक दिन ऋतु की पकड़ाई होने पर कान्ता देवी को ऋतु पर तो ख़ूब क्रोध आया ही, पर साथ ही उनके हृदय में जो पंजाबियों के पुरुषार्थ की और बंगालियों के आलस्य की गहरी छवि थी, वह भी ऋतु के इस कृत्य से उबाल खा गयी। बंगालियों का दल गीत गाता हुआ मस्ती में आगे बढ़ रहा था कि अचानक सबने देखा कि कान्ता देवी आश्चर्यजनक ढंग से अपनी स्थूल काया को लिये-दिये मिनटों में गली के मुँहाने पर उस टोली के मुखिया का कॉलर पकड़े खड़ी थीं और कह रही थीं कि ''दादा, क्या आप लोग ताजन्म शरणार्थी ही बने रहेंगे। हमारे पंजाब में चलिए और देखिए वहाँ के लोगों ने एक दिन भी किसी से दया की गुजारिश नहीं की, बल्कि देने पर सादर लौटा दिया। लेकिन यहाँ तो सालों-साल बीत गये, पर आपका 'आमरा शरणार्थी' ख़त्म ही नहीं हो रहा।''

बेचारा मुखिया तो यह सोचकर कि सम्भ्रान्त घर की महिला आ रही हैं, ज़रूर कोई बड़ा दान देगी आह्लादित हो रहा था, जबकि इसके उलट उस पर तो खारे पानी की पूरी झील ही उलट गयी थी। वह भौंचक एकाध मिनट तो पत्थर-सा वहाँ खड़ा रहा फिर उसने अपनी टोली को न जाने क्या इशारा किया कि वे सब पलक झपकते ही वहाँ से रफ़ू-चक्कर हो गये और फिर कभी उस गली में नज़र नहीं आये।

माँ की इस हरक़त से ऋतु इतनी आहत हो गयी कि सारा दिन सुबक-सुबककर रोती रही। यहाँ तक कि रात को केदारनाथ जी के लौटने पर उसने उनके सामने भी माँ की कसकर शिकायत की, केदारनाथ जी की गम्भीरता और परिपक्वता का तो कोई ओर-छोर था नहीं। उन्होंने पहले तो ऋतु को अपने से चिपकाया और फिर उसके सिर पर हाथ फेरते हुए उसे यह समझाया कि यह सही है कि कान्ता देवी को उन लोगों से ऐसा व्यवहार नहीं करना चाहिए था, बल्कि किसी भी आदमी से हमें यह व्यवहार नहीं करना चाहिए, पर ऋतु बेटा ध्यान से सोचो तो कान्ता जी की इन बातों में सत्यता भी है। बेटा, कान्ता जी ठहरी ठेठ हरियाणा की, उनका तरीक़ा शब्दों को सजाकर बोलने का नहीं है। तुम विचार मत करो, जब वे लोग अगले रविवार को आयेंगे, तब हम दोनों जाकर उनसे मिलेंगे और उन्हें ख़ूब दान देंगे।'' यह बात और है कि वे लोग उस रविवार के बाद कभी आये ही नहीं।

आज की बड़ी ऋतु साक्षीचेता की तरह केदारनाथ जी की इस सूझ-बूझ को याद कर अवाक् थी और सोच रही थी कि इस तरह की सोच तो उस समय से सत्तर वर्ष बाद आज भी विकसित नहीं हुई है, जबकि लड़कियों को इतनी आज़ादी मिल चुकी है फिर केदारनाथ जी इसका अपवाद कैसे थे?...

इस चटपटी ऋतु की बदमाशियों का कोई ओर-छोर नहीं था। वह पतंग ही नहीं, कबड्डी और 'पिट्ठू' भी इतने जोर-शोर से खेलती कि उसकी आवाज़

पाँच तल्ले पार कर उस गली के ही नहीं आसपास के दूसरे मकानों में भी गूँजने लगती। राम जाने उसमें ऐसा क्या आकर्षण था कि झुण्ड-के-झुण्ड बच्चे 'ऋतु छाँत (छत) पर आ गयी' की म्हारनी रटते मिनटों में ही अपने मकानों के तल्ले और बाद में इस मकान के तल्ले पार कर ऋतु की छत पर आ जुटते। ऋतु आगे बढ़कर एक-एक को गले लगाती और पलक झपकते ही सब हुड़दंग मचाना शुरू कर देते। स्वाभाविक सी बात है कि वे ढेरों दक़ियानूसी माँएँ, भला ऋतु को कैसे नहीं कोसतीं, जो अपनी बेटियों को अपने आँचल में छिपाये रखती थीं। एक दिन तो हद ही हो गयी, जब मकान की वे 'खूसट माँएँ' कान्ता देवी को घेर कर छत पर लायीं और ज़ोरों से घूमते 'हरा समुन्दर गोपी चन्दर, बोल मेरी मछली कितना पानी? हाँ, मियाँ जी, इतना पानी और ल्यों धड़ाम...' को दिखाकर ही नहीं उस घेरे के बीच में खड़ी होकर जोरों से बोलने लगीं, "देख लो थारी बेटी का धन्धा, छोरा-छोरी, एक-दूसरे पर पड़्या जा रह्या है और 'मियाँजी नै बुलावो दे रहा है।" सच पूछा जाये तो पुराने विचारों की कान्ता देवी तक को इसमें कोई गड़बड़ नहीं लग रह थी, पर वे करती तो क्या करतीं? यदि ऋतु को डॉटती तो केदारनाथ जी के उलाहने सुनने पड़ते और मकान वालियों का साथ नहीं देतीं तो वे उन्हें जाति-बाहर कर देतीं। उन्होंने मध्यम मार्ग निकालकर जवाब दिया, रात नै इन्नै डाँट पिलाऊँगी।" सारे बच्चे मुँह पर हाथ रखे फुसफुस कर हँस रहे थे और वे बेचारियाँ ऋतु पर अपने क्रोध को उबाल खिलातीं अपने-अपने कमरों में घुस गयी थीं।

आश्चर्यजनक ढंग से यह कूँदती-फाँदती खिलन्दड़ी मस्त जीव, जिसका गम्भीरता और सोच जैसी बातों से दूर-दूर तक कोई नाता नहीं था, कैसे सीढ़ियों की तरह की क्लासें लाँघती हुई एक पर एक डबल प्रमोशन लेकर साढ़े बारह वर्ष की उम्र में ही कॉलेज में जा धमकी थी।

साक्षीचेता बड़ी ऋतु स्वयं यह अजूबा घटते देख हैरान थी कि जिस शैतान ऋतु को कूदकड़े मारने से ही फुर्सत नहीं थी फिर उसने

यह घटाया कैसे? यादों के झरोखों से झाँकने पर एक दृश्य अपनी पूरी शिद्दत से ऋतु की आँखों के सामने उभरा। हमारे पढ़े-लिखे 'गोल्ड मेडलिस्ट' भाईजान हाथ में किताब लिये ऋतु से प्रश्न पूछने को सन्नद्ध हैं, क्योंकि यह जिम्मेदारी पूजनीया माता जी ने उन्हें यह कहते हुए दी है, "बेटा, इस बदमाशड़ी के इम्तिहान सिर पर हैं, जरा देख लो। भाईजान जो भी प्रश्न ऋतु से पूछते वह उन्हें यों देखने लगती गोया ये प्रश्न उत्तरी या दक्षिणी-ध्रुव से आये हों। इसका यह हश्र होता कि भैया वह किताब ऋतु के मुँह पर फेंककर यह कहते नजर आते कि देख लीजिएगा यह बुरी तरह फेल न हो जाये तो मेरा नाम बदल दीजिएगा।

पर... करम उस ऊपर वाले का कि वह ऋतु को हर बार ऐसे अच्छे नम्बरों से पास करा देता कि पूरा घर रिपोर्ट कार्ड पकड़े उसे और ऋतु को घूरता नज़र आता। वर्षों तक इस पहेली का किसी को कोई उत्तर नहीं मिला। अन्त में परिवार के एक वैज्ञानिक मित्र के हवाले यह हल खोजा गया कि एक बार सुनते ही सब याद हो जाना, बच्चों की पिक्चर मेमोरी की तरह प्रत्येक दृश्य, वाक्य, अपने सारे प्रॉप्स के साथ आँखों के रास्ते दिमाग़ में फिट हो जाना आदि आदि वजहें हो सकती हैं। घर वाले वजहें खोज रहे थे और बेफिक्र ऋतु किसी और ही भावजगत में विचरण करती हुई बड़ी होती जा रही थी।

डाली पर खिले फूलों की सराहना कर देना और बात है, लेकिन फूलों की टहनियों और जड़ों तक से उनकी तफ़तीश कर गहराई तक उनका इतिहास भूगोल जान लेना और बात। हालाँकि अपनी क्लासों को टप्पे खिला-खिलाकर ऋतु ऊपर चढ़ती गयी थी, पर ऊँची इमारत के लिए जिस गहरी नींव की और जिन अनुभवों की, ज़रूरत थी, वे ऋतु की इस छोटी-सी उम्र में कहाँ से आते? क्लास की लम्बी-तगड़ी लड़कियाँ उसकी दोनों चोटियाँ खींच-खींचकर यह कहती न अघाती थी कि "ऐ छुटंकी तू कॉलेज में आयी कैसे?" ऊपर से डबल मार इस बात की, कि

यह कॉलेज उसी स्कूल का विस्तार था, जिसमें ऋतु बचपन से पढ़ी थी। इसलिए इन लड़कियों में से अधिकतर और सारा स्टाफ उसे पहचानता था। वे सब भी हैरान थे कि छठी कक्षा की इस लड़की की यह औक़ात कैसे हुई कि यह कॉलेज में पहुँच जाये। यह तो हुई ऊपरी मार, पर एक भीतरी मार यह भी थी कि कॉलेज की सारी कक्षाएँ अंग्रेज़ा माध्यम में ही रही थीं और जिनमें से भी एकाध तो ऐसी थीं, जिनका लहज़ा पूरी तरह विदेशी था।

आज तक अपने आपको तीसमार खाँ समझने वाली ऐसे मकड़जाल में फँस गयी थीं कि उसे कोई आगा-पीछा नहीं सूझ रहा था। अन्त में उसने हमेशा की तरह अपनी कश्ती राम हवाले कर आँखें मूँद लीं और वही मन्त्र जपने लगी जो उसकी दादी बात-बात में बोला करती थीं, "तुलसी भरोसे राम के, निर्भय होके सोच अनहोनी होनी नहीं, होनी हो सो होय।" सो साहब, ऋतु ने भी हमेशा की तरह बिना माथा लगाये अपनी जीवन नौका को हिचकोले खाने और तूफ़ान से लड़ने के लिए आँखें मूँदकर मँझधार में डाल दिया।

उस ज़माने में बी.ए. करने में चार साल लगते थे, पहले दो साल आई.ए. अर्थात इंटर के दो साल और थर्ड ईयर एवं फोर्थ ईयर अर्थात आप बैचलर ऑफ आर्ट्स के डिग्री होल्डर यानी बी.ए. पास। शुरू के दो साल के तो ही रंग-ढंग रहे अर्थात वही घोड़े, वही मैदान। वहाँ छत थी यहाँ बड़े-बड़े पेड़ और हरा-भरा मैदान था। ऋतु जी कभी पेड़ों पर झूलती नज़र आती तो कभी छोटी लड़कियों के साथ आँख मिचौली खेलती दिखती। उस बेपरवाह लड़की को ज़रा भी चिन्ता नहीं थी कि परीक्षा में क्या होगा? वह तो युधिष्ठिर और यक्ष के मध्य हुए प्रश्नों 'किम आश्चर्य मत परम्' का मूर्तिमन्त रूप थी। प्रश्न यक्ष का था युधिष्ठिर से। इस संसार में सबसे बड़ा आश्चर्य क्या है? उत्तर में युधिष्ठिर ने कहा था, "प्रत्येक क्षण लोग मर रहे हैं, पर उनके पास वाले लोग यह मानते हैं कि वे कभी नहीं मरेंगे।"

कमोवेश यही हाल ऋतु रानी का भी था, उसे परीक्षा देनी होगी और वह भी सारे विषयों की अंग्रेज़ी में, यह प्रश्न न तो ऋतु अपने दिमाग़ में आने देती थी और यदि वह कभी कौंध भी जाता तो उसे परे खिसका कर कूदक्कड़े मारने लगती।

एक दिन तो ऋतु ने कॉलेज में एक हंगामा बरपा दिया 'ख़ून-ख़ून' चीख़ कर उसने धरती आकाश एक कर दिया। स्वाभाविक था कि ख़ून के हवाले से हर कोई दहल जाता। देखते-ही-देखते दो सौ लड़कियाँ और कॉलेज का स्टाफ आकर उस आवाज़ के सहारे कॉलेज के पेशाबघर में ठुँस गये। सबने हैरत से देखा कॉलेज की मोटी सुशीला दाई ने ऋतु का मुँह भींच रखा है और वह हरियाणवी लड़की पूरा ज़ोर लगाकर अपना मुँह छुड़ाने की कोशिश कर रही है, पर उम्रदराज़ मोटी-तगड़ी सुशीला दाई को वह बारहसालिया छोकरी कैसे पार पाती। अन्त में उसने बुद्धि लगायी और आँखों एवं हाथों के इशारे से वह कोना दिखा दिया, जहाँ एक ख़ून में लिथड़ा भ्रूण पड़ा हुआ था।

अब तक प्रिंसिपल महोदया भी वहाँ आ गयी थीं, उन्होंने ऋतु को सुशीला की गिरफ़्त से छुड़वाया और आनन-फानन में सारी भीड़ को रफ़ा-दफ़ा कर, सुशीला को हिदायत दी कि वह अच्छी तरह सफ़ाई कराकर ऑफ़िस में आकर उनसे मिले।

कॉलेज का ज़र्रा-ज़र्रा वापस चहकने लगा था, लेकिन ऋतु के मन और आँखों का शोक जस-का-तस पत्थर की मूरत-सा अचल खड़ा था। ऋतु उसे किसी भी तरह हिला-डुलाकर मन से निकाल नहीं पा रही थी, हक़ीक़त तो यह थी कि ऋतु के पूरे शरीर का सत्व निचुड़-सा गया था। न ही उसके हाथ-पैर उसके कहे में थे और न ही उसका दिमाग़। दिमाग़ लगातार उसे बच्चे की कई एक डरावनी तस्वीरें भेज रहा था, जो बाथरूम के कोने में पड़ा था। कभी उसका हाथ बाहर आ जाता तो कभी उसकी दायीं टाँग तो कभी बायीं टाँग। ऋतु चौंक-चौंककर सारी रात अपने बिस्तर पर इस डर से आँखें खोले बैठी रही कि कहीं आँखें बन्द करते

ही उसे वे डरावने दृश्य दिखाई न देने लग जायें। झक मार कर कान्ता जी ने घर के फेमिली डॉक्टर को बुला भेजा। उन्होंने बताया कि इसके कच्चे दिमाग़ को इस घटना से बड़ा झटका लगा है, जिसे डॉक्टरी भाषा में कहते हैं 'ट्रॉमा'। अभी इसे सोने का एक कड़ा इंजेक्शन देकर देखते हैं, पर यदि उससे भी इसे नींद नहीं आयी या इसके सिर का भूत नहीं उतरा तो फिर किसी मनोवैज्ञानिक से सलाह करनी होगी।

करम ख़ुदा का कि उस नींद के कड़े इंजेक्शन से ऋतु तीन दिन तक सोती रही और एक़दम तरोताजा होकर उठी। उस पर पिछली घटना की कोई छाया भी नहीं थी। ऋतु ने उठते ही नहा-धोकर अपनी किताबें बटोरी और कॉलेज का एक नोटिस पढ़ते ही धक् रह गयी। चार दिन बाद ही उसके फाइनल इम्तहान थे। ऊपर से ग़रीबी में आटा गीला की तरह, पहला पेपर उसी अंग्रेज़ी वाली टीचर मिसेज बाउस का था, जिसका जर्मन-इंग्लिश लहज़े में पढ़ाया 'फूटा आँक' भी उसकी समझ में नहीं आता था।

ऋतु ने कान्ता देवी की बहुत चिरौरी की कि अभी तो वह बहुत छोटी है, यदि वह अगले साल इम्तहान देगी, तो उसका वादा है वह बढ़िया नम्बरों से पास होगी, पर क्लासें कूदाने में माहिर कान्ता देवी ने उसकी एक न सुनी और उससे ज़बर्दस्ती परीक्षा दिलवा दी। इसका हश्र यह हुआ कि आज तक प्रथम आने वाली ऋतु ऐसी फिसली कि अंग्रेज़ी में फेल हो गयी और उसे 'कंपार्टमेंटल' मिल गया। अबकी बार उसने न केवल कान्ता देवी, बल्कि केदारनाथ जी के दरबार में भी गुहार लगायी कि हमेशा के लिए रिपोर्ट कार्ड पर कंपार्टमेंटल लिखा जाने से बेहतर है कि वह अबकी बार कंपार्टमेंटल का इम्तहान न देकर अगले साल सारे पर्चे अच्छे नम्बरों से पास कर ले, पर मन-ही-मन उसकी पीड़ा से सहमत होते हुए भी केदारनाथ जी को एक साल का लालच भी आ रहा था, इसलिए उन्होंने चुप रहकर मात्र इतना कहा 'ऋतु बेटा, तुम्हारे लिए बढ़िया-से-बढ़िया अंग्रेज़ी की टीचर रख देंगे, तुम कोशिश तो करो।

ख़ैर साहब, ऋतु ने कंपार्टमेटल की परीक्षा अच्छे नम्बरों से पास कर ली और बी.ए. फर्स्ट-ईयर, जिसे आम भाषा में थर्ड ईयर कहते हैं, में प्रवेश ले लिया।

धीरे-धीरे ऋतु अपने पुराने रंग में आने लगी और तेज़ी से क्लास में अच्छे नम्बर लाने लगे। थर्ड ईयर में आनर्स की परीक्षा में जब उसके 70 प्रतिशत नम्बर आये, तब सबको अच्छा ज़रूर लगा, पर किसी को भी इसमें उसकी किसी ख़ास उपलब्धि का बोध नहीं हुआ, कारण कि सब तो यही मान बैठे थे कि दैव-कृपा से ही ऋतु इतने अच्छे नम्बर ले आती है। किसी को इसकी लवो-लेश भी परवाह नहीं थी कि वह इम्तिहान के पहले कितने मानसिक द्वन्द्वों से गुज़रती थी।

तभी ऋतु पर एक भारी गाज़ यह गिरी कि कान्तादेवी ने केदरनाथ जी की सहमति से ऋतु का रिश्ता पक्का तय कर दिया। हालाँकि इसकी कई वजहें थीं। पहली तो कम उम्र के बावजूद ऋतु का क़द लम्बा होना, इतना पढ़-लिख लेना, सुन्दर होना, माँ-बाप की प्रत्येक बात मानना आदि। उसके यह कहने पर कि अब सेलेक्शन टेस्ट हो गये हैं, मुझे कम-से-कम फाइनल तो देने दीजिए, ससुराल वालों ने कहा, शादी के बाद परीक्षा देना। इतना ही नहीं उन्होंने वादे किये कि वे ऋतु को आगे पढ़ने देंगे, ओढ़ना नहीं ओढ़ायेंगे आदि आदि। लेकिन उन लोगों ने सारे आचरण उन वादों के ख़िलाफ़ किये। पढ़ने देना तो दूर, यदि ऋतु घर के बरामदे से कॉलेज बस भी देखती तो सास चिल्लाती, "इसकी तो जान पड़ी है, कॉलेज में।"

हक़ीक़त तो यह थी कि उस घर में पढ़ाई के प्रति कोई आस्था नहीं थी। स्त्रियाँ तो दरकिनार थीं ही, पुरुष तक मुश्किल से बी.ए. पास थे। ऐसे में ऋतु की पढ़ाई किसी को कैसे सुहाती।

प्रभु कृपा से ऋतु ने सबसे उपहार में पुस्तकें ले ली थीं। अब वह सारे दिन का धन्धा कूट कर रात को घंटों जागती और वे सब किताबें पढ़ती रहती।

वह जीते जी अन्धकार के ऐसे कूप में फेंक दी गयी थी कि जहाँ उसकी एकमात्र पतवार किताबें ही थीं।

यह परिवार ऋतु के मायके से उलट एक़दम दक़ियानूसी परिवार था और ढोंग तो रईसी के करता था, वैसे भी अन्दर से खाली था।

कहते हैं न कि भोले का राम रखवारा। ऋतु अपने मीठे स्वभाव, दाता भाव और अहर्निश काम करने के कारण उस बड़े संयुक्त परिवार में युवा पीढ़ी की चहेती बन गयी थी, जब उसकी बड़ी ननद का विवाह समाज सुधारक सीताराम जी सेकसरिया के यहाँ हुआ तब उनके परिवार में भी आशा की कुछ किरणें चमकीं। सर्वप्रथम तो उस ननद को विवाह के बाद भी पढ़ाया जा रहा था और जब उसे पता चला कि यह चार वर्ष वाले बी.ए. का अन्तिम वर्ष है, तो वह अपने भाई के गले लटक गयी और पढ़ने में माहिर ऋतु ने आनन-फ़ानन में बी.ए. की परीक्षा दे दी। आश्चर्यजनक ढंग से उसके अंग्रेज़ी में रिकॉर्ड मार्क्स आये, लेकिन महापुराणपन्थी ससुराल वालों ने ऋतु की पढ़ाई का पटाक्षेप यह कहकर कर दिया कि ढेरों, ननदों, देवरों की शादियाँ हैं, उनमें लगो और किताबों को तिलांजलि दो।

धन्धा कूटने में एक नम्बर ऋतु सुबह छह बजे से रात के दस बजे तक अपने दोनों छोटे बच्चों और पति को पूरी तरह भुलाकर मात्र अपनी सास के अनुसार चौका-चूल्हा सम्हालने में लग गयी। अब बीस-पच्चीस लोगों का रोजमर्रा का खाना, दूध, चाय आदि का काम ऊपर से मेहमान और घर की बेटियों का सपरिवार अत्यधिक आगमन, ऐसे में ऋतु को साँस तक लेने की फ़ुर्सत नहीं मिलती थी। वह अल्ल सुबह दौड़ती-भागती-सी नहा-धोकर सास की हाज़िरी में खड़ी हो जाती और जो उसे पूरे दिन काम में लगाये रखती थी यहाँ तक कि उसके बच्चों को यदि बुखार भी हो जाता तो वे पुराने नौकर और राम भरोसे ही रहते।

इसी प्रकार दिन बीते जा रहे थे। ऋतु को बस एक ही सुकून था कि वह रात ग्यारह बजे से सुबह तीन बजे तक किताबें पढ़ती रहती थी। माँ,

बड़ी बहनें, भाभी, सब के पास उसकी एक ही फ़रमाइश रहती थी, मुझे गहना, कपड़ा नहीं किताब दीजिए।

तभी एक दिन ऋतु को याद आया कि सास ने एक दिन कहा था कि पहले सबकी शादियों में लगो फिर और कुछ सोचना। अब सबकी शादी-ब्याह हो चुके थे। इसलिए ऋतु ने हिम्मत कर के सास के आगे विनती भरे स्वर में कहा अब तो सब की शादियाँ हो चुकी हैं, क्या मैं एम.ए. की पढ़ाई शुरू कर दूँ?

अब तक ऋतु ने अपने हाड़ घिसघिस कर सास के मन में हल्का-सा कोमल कोना पा लिया था और ऊपर से उसके बाद आयी नई बहुओं के तो मिज़ाज ही निराले थे। इसलिए सासू जी ने मुँह सुजाये हुए 'हाँ' भर दी। सास की अनुमति मिलते ही ऋतु इतनी ख़ुश हुई जैसे उसने एम.ए. पास ही कर लिया हो।

उस समय के उसके ससुराल के संयुक्त परिवार में घर की बहुएँ फार्म भरने नहीं जाती थीं। ऑफिस के लोगों में से कोई भी जाकर फार्म भर आता। ऋतु ने सोच-समझकर ऑफिस के तिवारी जी को 'फॉर्म' लाने भेजा और वह महाशय एक महीना अठारह दिन बाद होने वाली एम.ए. की परीक्षा का एडमिट कार्ड ले आये।

ऋतु उसे हाथ में पकड़े हुए हैरान थी कि यह घटा कैसे इस पर तिवारी जी कहने लगे कि आपको तो वहाँ सब जानते। इसलिए उन्होंने हमें तुरन्त ही 'एडमिट कार्ड' दे दिया।

ऋतु को काटो तो खून नहीं। पहली बात तो ऋतु के लिए बी.ए. और एम.ए. के बीच ढेरों वर्षों का अन्तराल था। दूसरी बी.ए. और एम.ए. के कोर्स में आकाश-पाताल का अन्तर था। जब उसने एम.ए. का कोर्स देखा था, तभी उसको पसीना छूट गया। वह समझ नहीं पा रही थी कि क्या करे?

ऋतु को वह एडमिट कार्ड उस भूतिया गुफ़ा का प्रवेश पत्र लग रहा था, जिसमें घटाघुप अन्धकार छाया था। बचपन में सुनी दादी-नानी की कहानियों के भयंकर किरदार उसमें छुट्टे घूम रहे थे।

इधर-से-उधर सिर टकराने के बाद उसे अपने तारनहार की याद आयी। वे भले आदमी तो उसे दिलो-जान से चाहते थे। यह तो वही थी, जो उन्हें पत्ता नहीं देती थी। हर वक़्त चहकने वाली ऋतु उस दिन सुबह सकारे मुँह उतारे पतिदेव के पास जाकर पत्थर-सी खड़ी हो गयी। उसके हाथ में एम.ए. का वही एडमिट कार्ड था, जो उसे अपनी मौत का परवाना लग रहा था। वर्षों से पत्नी जी की प्रत्येक भंगिमा को समझते संवेदनशील सहृदय पतिदेव उसके उस चेहरे को जो अब रोया-तब-रोया हो रहा था, देखते ही समझ गये कि ऋतु जी किसी बड़े फंसाव में फँस गयी हैं। उन्होंने छोटे सिर चढ़े बच्चे की तरह उससे बिना कुछ पूछे ही कहा, "ऋतु इस धरती पर ऐसी कोई रात नहीं आई जिसकी सुबह न हो। तुम बेफ़िक्र होकर मुझे बताओ कि हुआ क्या है? क्या घर में तुम्हें कोई कुछ बोला है? या तुम्हारे मायके में कोई अनहोनी घट गयी है, जो तुम इस तरह संज्ञाहीन हो रही हो।" पतिदेव के इन आश्वासनों से ऋतु का ज़ब्त किया हुआ आँसुओं का बाँध टूट गया और उस ऋतु ने जो कभी नहीं रोती थी, फूट-फूट कर रोते हुए अपना एडमिट कार्ड पतिदेव की गोद में रख दिया। दुनिया देखे हुए समझदार पतिदेव कार्ड की तारीख़ देखते ही सारा माजरा समझ गये। उन्होंने ऋतु को अपने से चिपकाकर, जैसे एक माँ, रोते बच्चे की आँखें पोंछती है, चेहरे पर आँसुओं से भीज कर चिपके बालों को चेहरे पर से हटाकर उसे एक गिलास पानी पिलाकर कहा, 'देखो ऋतु, मैं तुम्हें अक्सर हरियाणा की शेरनी कहकर पुकारता हूँ न? तुम सच मानों, यह एक़दम सही है। बस कभी-कभार चीजों को साफ़ और स्थिर आँखों से न देखने के कारण तुम बेइन्तिहा नर्वस हो जाती हो।"

"आप फ़ालतू बात मत करिए। आपको तो पता नहीं है न कि एम. ए. के सोलह पर्चों में सैकड़ों किताबें हैं और दुनिया भर की सन्दर्भी पुस्तकें भी, इन्हें मैं एक महीने अट्ठारह दिनों में क्या, सात जन्मों में भी पूरी पढ़कर नहीं समझ सकती।" यह कहते-कहते ऋतु फिर से फूट-फूटकर रो पड़ी।

पतिदेव में केदारनाथ जी जैसा ही धैर्य और समझ है। यह बात ऋतु कभी-कभार कहती भी थी। पतिदेव ने ऋतु को रोने से टोका नहीं, क्योंकि वे श्रीकृष्ण की व्यावहारिकता और बुद्धि के कायल थे। कहते हैं कि जब अपने भाई की मृत्यु पर सत्यभामा जी ढाँय-ढाँय कर रो रही थी, तब उन्हें गीता-दर्शन न समझा कर, श्रीकृष्ण उनके पास बैठकर सत्यभामा को सान्त्वना देते हुए स्वयं भी ज़ोरों से रोने लगे, क्योंकि पति धर्म का यही तकाज़ा था। पतिदेव उसके साथ रोये तो नहीं, पर पूर्ण समर्पण से उसके दुख की गरिमा रखते हुए एक़दम चुप रहे और उसे सहलाते रहे। थोड़ी देर बाद जब वह चुप हो गयी तब उन्होंने एक़दम शान्ति से उसे यूँ समझाना शुरू किया, "ऋतु, देखो अभी तो यह काग़ज़ का टुकड़ा ही आया है। तुम चाहो तो मैं इसे अभी ही बेकार का काग़ज़ समझ कर फेंक सकता हूँ और यदि तुम्हें ऐसा करना अच्छा न लगे तो हम लोग इस पर चर्चा कर इस स्थिति का हल ढूँढ़ने की कोशिश कर सकते हैं। तो क्या जँचती है तुम्हारे?" रुँधे कण्ठ स्वर से ऋतु जी की आवाज़ आई, "मेरी समझ से तो यदि आप चाहें तो कोई ना कोई हल तो ढूंढ़ ही लेंगे ...।"

थोड़ा विचार करने के बाद पतिदेव बोले, "हमें तुरन्त विष्णुकान्त जी शास्त्री से मिलकर अपनी भूमिका तय करनी चाहिए, क्योंकि जब उन्होंने तुम्हारा एडमिट कार्ड पास किया है, तो उन्हें सारी विगत तो पता ही है। ऋतु, ऐसे भी शास्त्री जी कई दशकों से हमारे कुल गुरु सरीखे हैं। पहले मैं उनसे फ़ोन पर समय माँग लेता हूँ, फिर अपने चल पड़ेंगे, अपने घर से पाँच मिनट का रास्ता ही तो है।"

विष्णुकान्त के नाम ने ऋतु के चिन्ता से जलते हुए तन-मन को ठण्ड ठण्डी बर्फ़-सी शीतलता प्रदान कर दी। हालाँकि अभी उनसे बात तक नहीं हुई थी और सम्भावना इस बात की भी थी कि 'सर' (शास्त्री जी) से ऋतु को ज़ोरों की डाँट पड़ती। होने को तो अभी सब कुछ भविष्य के गर्भ में छिपा था, पर कभी किसी का नाम चिन्तामणि की तरह आपको

सब रोगों की दवा लगता है। 'सर' के नाम का प्रताप ही ऐसा था कि हम लोगों को ऊपर से नीचे तक हरिया देता था।

जब ऋतु और उसके पति श्रीमान विष्णुकान्त जी के यहाँ पहुँचे, तब सर पूजा करके ठाकुर बाड़ी से बाहर आ रहे थे। उनका लम्बा क़द, छरहरा शरीर और धोती कुर्त्ते का परिधान उन्हें एक विशेष गरिमा प्रदान कर रहा था।

जब ऋतु ने उन्हें प्रणाम किया तो उसे यशस्वी भवः का आशीर्वाद देने के बाद वे बोले "हमारे यहाँ लड़कियाँ पैर नहीं छूतीं, यह बात सुनकर भी अनसुनी करती रहती हो।" "हाँ सर, और ताजन्म मैं ऐसा ही करूँगी", कहकर ऋतु ने अपनी बालसुलभ हँसी वहाँ बिखेर दी। उत्तर में 'सर' ने अपना जगत प्रसिद्ध ठहाका यह कहते हुए लगाया कि 'भई हम बच्चों का विरोध तो करते ही नहीं, क्योंकि हमने देखा है विरोध का स्वर प्रतिध्वनित होकर द्विगुणित हो जाता है।"

हास-परिहास के इन नोट्स के बाद 'सर' ने गम्भीरता से कहा, "हाँ तो, बेटा कहो तुम्हारी क्या समस्या है।"

जब उन लोगों ने उन्हें एम.ए. की परीक्षा की बात कही तो सर बोले 'बेटा, इमसें क्या बड़ी बात है। मुझे स्मरण है, तुमने दस-पन्द्रह वर्ष पहले कुँवरनारायण जी पर एक आलेख लिखा था 'आत्मजयी से साक्षात्कार' जिसे पढ़कर कुँवरनारायण जी सरीखे मितभाषी और गहन-गम्भीर व्यक्तित्व के धनी कुँवरनारायण जी बहुत ख़ुश हुए थे। बाद में वह आलेख किसी प्रतिष्ठित साहित्यिक पत्रिका में छपा था। वैसे भी ऋतु तुमने ढेरों ढेर साहित्यिक कार्यक्रम कर कलकत्ते के साहित्यिक समाज को गुँजा दिया है। हिन्दी साहित्य के मूर्धन्य लेखक अज्ञेय जी, महादेवी वर्मा, भवानीप्रसाद मिश्र आदि सबसे ही तुमने प्रशंसा बटोरी है और बेटा ये लोग सहज ही किसी के प्रशंसक नहीं होते। बेटा, तुमने हिन्दी साहित्य को वर्षों से साधा है। इसलिए बिल्कुल मत घरबराओ और न ही कोई चिन्ता करो। तुम चाह कर भी फेल नहीं हो सकती।" कहकर सर ने ऋतु

के पतिदेव की ओर देखकर कहा, ''मैंने सही कहा है न बेटा!'' ऋतु के पतिदेव ने मुस्कुरा कर हामी भर दी और सर ने बच्चों को फुसलाने की भंगिमा में कहा, ''देख लो बेटा, अब तो ये भी मुझसे सहमत हैं।''

ऋतु ने पहले तो अपने पतिदेव को घूर कर देखा और फिर बोली, ''सर, आपने जो कहा वह सच सही, पर सर, ये सारे उदाहरण एम.ए. के कोर्स के बाहर के हैं। मेरी समस्या एम.ए. के उन सोलह पर्चों की है, जो प्रथमतः तो बी.ए. ऑनर्स की पढ़ाई से एक़दम अलग हैं। और सर, सच मानिए, यह 'काव्य शास्त्र' और 'भाषा विज्ञान' तो मेरे सिर पर से बिना कोई हरक़त किये ही गुज़र जाते हैं।' इतना कह कर ऋतु ने अपने बचपन के परिचय का लाभ लेते हुए कहा, 'सर, आप वीणा को तो पढ़ाते थे, सर, मुझे भी पढ़ा दीजिए ना?'

'सर' की गम्भीरता और सच्चाई ठहरी बेजोड़। उन्होंने कहा, ''बेटा, यह सही है पर मेरी नानी जी ने अपनी मृत्यु से पहले मुझसे वचन लिया था कि मैं भविष्य में ट्यूशन नहीं करूँगा। इसलिए बेटा, मैं घर आकर नहीं पढ़ा पाऊँगा पर 'गंगा भवन' (सर का घर) सर्वदा तुम्हारे स्वागत के लिए प्रस्तुत रहेगा, तुम अहर्निश कभी भी यहाँ आ सकती हो।''

''सर, उसके लिए तो मैं मात्र आश्वस्त ही नहीं हूँ, बल्कि मेरा पक्का विश्वास है कि आपके यहाँ का हर व्यक्ति मेरा तहेदिल से स्वागत करेगा, पर सर...सर...। ख़ैर और उपाय भी क्या है।''

विष्णुकान्त जी सर के यहाँ से उठकर पतिदेव ने ऋतु से पूछा, ''अब कहाँ चलना है?'' ऋतु ने फ़ौरन जवाब दिया 'अब आप किसी तरह काव्य-शास्त्र के प्रो. डॉ. झा से बात कर लीजिए और हाँ! भाषा-विज्ञान के श्रीवास्तव जी से भी तो आपको ही बातें करनी हैं। ये दोनों ही धीर-गम्भीर और सदियों में न हँसने वाले शिक्षक हैं। बस आप इन दोनों से बात कर दीजिए तो सोचूँगी आपने मेरा कल्याण कर दिया।' मुस्कुराते हुए ऋतु ने कहा। दरअसल शास्त्री जी की अनुमति से ऋतु पाँच-छः दिन से एम.ए. की कक्षाओं में बैठ रही थी। इसलिए सबके

बारे में जान गयी थी। वैसे उसका ज़्यादा ध्यान भाषा-विज्ञान और काव्य शास्त्र पर था।

आश्चर्यजनक ढंग से डॉ. झा उनसे अत्यन्त प्रेम और आत्मीयता से मिले। शायद श्री आर.एन. मिश्रा ने उनसे ॠतु के पतिदेव और उनके परिवार के सौहार्द एवं सुसंस्कृत होने का गुणगान किया था। इसलिए ॠतु ने डॉ. झा को प्रणाम करते ही उनसे कहा, "सर, आपको मुझे पढ़ाना ही पड़ेगा, नहीं तो मैं डूब जाऊँगी।" इसके बाद तो उसने जो प्लीज़ सर, प्लीज़ सर... की म्हारनी लगाई कि वे बेचारे उस आग्रह के समुद्र में डूबने-उतरने लगे। जैसे गहरे पानी में डूबता आदमी साँस लेने पानी से बाहर सिर निकाल कर लम्बी साँस लेता है, वैसे ही ॠतु को रोककर कहा, "अरे, आप क्यों डर रही हैं, सच मानिए ॠतु जी, जब आप क्लास में प्रथम पंक्ति में बैठी रहती हैं, तो मुझे लगता है कि यही छात्रा ऐसी है जो अपनी सारी ज्ञानेन्द्रियों से अत्यन्त सतर्कता और श्रद्धा से मेरे कहे एक-एक शब्द को पी रही है। आप नयी तरह का कोर्स देखकर घबरा गयी हैं। मेरा आपसे वादा है कि यदि आप आधी रात को भी मुझसे कुछ पूछना चाहेंगी तो मैं आपको उपलब्ध रहूँगा। वैसे भी आप बेफ़िक्र रहिए, मैं गारंटी लेता हूँ कि आप फर्स्ट क्लास नम्बरों से पास होंगी। 'ऑफ्टर ऑल' मेरा भी तो चालीस सालों का अनुभव है।" होना तो यह चाहिए था कि इतने सारे आश्वासनों से ॠतु को शान्ति मिल जाती, पर हुआ इसका उल्टा। उसकी नर्वसनेस बढ़ी जा रही थी, उसे लग रहा था कि उसकी डूबती नौका से पुकार के लिए निकले उसके हाथ को पकड़ने वाला कोई नहीं है। ख़ैर, संस्कृत कॉलेज से उठकर वे लोग विश्वविद्यालय में आये और उन्होंने भाषा विज्ञान के अद्‌भुत लेक्चरर श्रीवास्तव जी के सामने जाकर गुहार लगायी। आश्चर्यजनक ढंग से उन सरीखे गम्भीर व्यक्ति ने बहुत ही आत्मीयता और प्रेम से उनलोगों का गर्मजोशी से स्वागत किया। उन्होंने बातचीत के बीच में बताया कि विश्वविद्यालय के सबसे पुराने प्राध्यापक हैं।

पता नहीं कैसे गहन विश्वास से डॉ. झा की कही हुई उक्तिओं का ऋतु पर इतना गहरा असर हुआ कि उसे लगने लगा शायद वह फेल तो नहीं होगी। इस विश्वास का एक कारण और भी था। जब वे डॉ. झा से बात कर सीढ़ियाँ उतर रहे थे, तब उन्हें रास्ते में नीरस भाषा-विज्ञान पढ़ाने के 'नम्बर वन' प्रोफ़ेसर श्रीवास्तव जी उन्हें रास्ते में मिल गये थे। ऋतु उनके पढ़ाने की कायल थी और मन-ही-मन मना रही थी कि पूछने पर वे हाँ कह दें। विस्मयकारी है, यह तथ्य कि ऋतु की आशा के विपरीत उन्होंने न केलव 'हाँ' भर दी, बल्कि यहाँ तक कह दिया, "मुझे मिश्रा जी के आदेश मिल चुके हैं। मैं तो आपके घर के पास ही रहता हूँ, मैं पढ़ाने आ जाया करूँगा।' ऋतु ने हथेली के पीछे चिकोटी काटकर देखा कि कहीं वह सपना तो नहीं देख रही है। इन प्रोफ़ेसर साहब के ऐसी बातों से ऋतु का मन हरिण की तरह कुलाँचे भरने लगा। कुछ देर पहले तो ऋतु को लग रहा था, उसकी डूबती नौका से पुकार के लिए निकले उसके हाथ को पकड़ने वाला कोई नहीं है। अब उसके सात आसमान के पार जाने के उत्साह को देख कर पतिदेव ने उसे समझाया, "ऋतु, तुम तो ऐसे कर रही हो मानों तुमने परीक्षा पास कर ली है। अरे पगली, अभी तो हमने पहली सीढ़ी पर पैर रखा है। जिस पर चढ़कर और मंजिल पार करने में जो काल चक्र निहित है, अब केवल तुम उसको अपनी मेहनत से अपने अनुकूल कर सकती हो और ऋतु तुम एक बार ठान लोगी तो ज़रूर ही सफल हो जाओगी ऐसा मेरा पक्का विश्वास है।"

पतिदेव की प्रशंसात्मक बातें सुनकर ऋतु का चेहरा दमकने की जगह और भी बुझ गया, क्योंकि इन बातों से उसे राहत या दिलासा नहीं, बल्कि यह बोध अधिक होता था कि 'देखो, लोगों को तुमसे कितनी प्रत्याशा है' और इससे उसके मन का बोझ हल्का होने की जगह बढ़ जाता था।

निर्णय को तुरन्त कर्म में परिवर्तित करने वाली ऋतु ने मन-ही-मन अपनी पढ़ाई की सारी योजना बना ली और घर लौटते वक़्त हिन्दी

एम.ए. के पुराने प्रश्न पत्रों के लिए कॉलेज स्ट्रीट में गाड़ी रुकवा ली। ऋतु यह देखकर आश्चर्यचकित रह गयी कि पुराने प्रश्न पत्रों के अम्बार में एम.ए. के सारे प्रश्न पत्र थे, सिवा हिन्दी के। बहुत मगज़मारी करने और दर-दर भटकने के बाद उन्हें बड़ी उम्र के एक पुस्तक विक्रेता ने सलाह दी, "दीदी मोनी, आपनी हिन्दी लायब्रेरी ते खुजून, ऐखाने पाबेन ना।" मरता क्या न करता की स्थिति में ऋतु और उसके पति यूनिवर्सिटी की लाइब्रेरी में जा पहुँचे। पुस्तकालयाध्यक्ष तो इन लोगों को धता बताने वाला ही था कि सौभाग्य से वहाँ से शास्त्री जी निकले। ऋतु और उसके पति को देखकर 'सर' का रुकना तो लाज़िमी था ही, जब उन्हें उन लोगों की समस्या का पता चला तब उन्होंने एक मिठास भरी डाँट उस पुस्तकालयाध्यक्ष को पिलाई। फलस्वरूप उनके सामने प्रश्न पत्रों का अम्बार लग गया। ऋतु ने उनमें से दस वर्षों के प्रश्न-पत्र छाँट लिये। ऋतु के पति दौड़ कर गये और उन्होंने उन दस वर्षों के प्रश्न पत्रों का ज़ीरॉक्स करा लिया, जिन्हें ऋतु ने छाँटा था।

ऋतु उन प्रश्न पत्रों को देखकर एक बच्चे की तरह उछलने लगी। उसके उत्साह का बाँध रोके नहीं रुक रहा था कि पतिदेव की इस उक्ति ने कि "ऋतु, ये केवल प्रश्न पत्र हैं, उनका उत्तर या तुम्हारा रिजल्ट नहीं। तुम पहले शान्त भाव से घर चलो और वहाँ तुम चुप्पा और उदास-सी बैठ जाना, ताकि घरवाले तुम्हें पढ़ने दें। ऋतु हर क्षण याद रखो कि तुम्हें दिन में चौबीस के अड़तालीस घण्टे और एक घण्टे के एक सौ बीस मिनट करने हैं। वैसे भी सोने में तो तुम गुडाकेश हो ही, इसलिए अब से कम सोना और कम खाना ही तुम्हारा धर्म होगा, तो अब एक सिपाही की तरह उठो और परीक्षा की जंग में सबके छक्के छुड़ा दो।"

पतिदेव की ऐसी बातों से ऋतु का उत्साह आकाश छूने लगा और उसे लगा वह अभी पल्ला कसकर लेफ़्ट-राइट, लेफ़्ट-राइट करती हुई परीक्षा हॉल में पहुँच जायेगी।

देखते-ही-देखते ऋतु टग-टग करती हुई पाँच तले वाली कोठरी (छोटा कमरा) में जा पहुँची। औरों की कोठरियों में जहाँ भारी-भरकम कपड़े आदि से भरे हुए बक्से रखे थे, वहीं ऋतु की कोठरी में कई रैक उन किताबों से भरे थे, जिन्हें उसने दीर्घ समय तक माँ, दीदी, बड़े भाई, बड़ी भाभी आदि से उपहार स्वरूप बटोर ली थीं। वे सैकड़ों किताबें बहुत ही करीने से रखी हुई थीं और वे सब ऋतु के मन-प्राणों में बसी हुई थीं। आश्चर्यजनक ढंग से ऋतु को अधिकांश किताबें याद थीं। ऋतु इतनी कोमलता और प्यार से उन्हें सहला रही थी, जैसे नयी-नयी माँ अपने सतमासिये बच्चे को आहिस्ता-आहिस्ता पपोलती है।

ऋतु लम्बे समय तक इसी भाव दुनिया में खोई रही कि अचानक पास के 'चौके' (रसोईघर) से आते नौकरों के शोरगुल ने उसकी तन्द्रा भंग कर उसे आज की हक़ीक़त से रू-ब-रू करा दिया। वह 'हड़क' कर झटके से उठी और किताबों को तरतीब से रखकर उनमें से सिर्फ़ वे किताबें छाँट कर नीचे ले आयी जो तत्काल उसके काम में आनेवाली थीं। ऋतु को इस बात का ज्ञान था कि वह जो कुछ लिख लेती है, वह उसके दिमाग़ में सर्वदा के लिए ख़ुद जाता है।

नीचे आते ही ऋतु ने सर्वप्रथम परीक्षा के हिसाब से सोलह प्रश्न-पत्रों के अलग-अलग खाते बनाये, फिर उनमें से सन्दर्भ और व्याख्या वाले हिस्सों को अलग किया। उसने निश्चित किया कि वह जिन पर्चों को आज तक के अपने संचित ज्ञान से लिख सकती थी, उनके लिए कोई तैयारी नहीं करेगी। ऋतु जिस तरह अपने पर्चों को अलग-अलग खातों में बाँट रही थी, उस तैयारी की वैज्ञानिकता देखकर ऊपर बैठे देवतागण तक हैरत में थे। कहाँ तो कूदक्कड़े मारती मस्त ऋतु और कहाँ इस तरह खाते तैयार करती धीर-गम्भीर ऋतु। ऐसा लग रहा था मानो ये दो भिन्न चरित्र हैं, जिनमें से एक दक्षिणी और एक उत्तरी ध्रुव से आया है। ऋतु के सौभाग्य से दूसरे दिन ही भाषा विज्ञान वाले प्रोफ़ेसर साहब आ गये। उनको देखकर ऋतु ऐसी हरी हो गयी मानो अचानक सहारा के मरुस्थल

में बसन्त और पावस ऋतु एक साथ आ गयी हों। वैसे यह ख़ुशी बिन बात थी नहीं, क्योंकि श्रीवास्तव जी सागर से गहरे और बादल से दाता एक ऐसे अलभ्य प्राणी थे, जैसा शायद इस धरती पर कोई दूसरा नहीं था। ये उक्तियाँ ऋतु मात्र भावुकता के वशीभूत होकर नहीं सोच रही थी, बल्कि ये उसके नहीं, अनेकों के अनुभवों से उपजे विचार थे और इसका सत्यापन हाथों-हाथ हो गया।

'सर' (श्रीवास्तव जी) ने सुबह ग्यारह बजे से पढ़ाना शुरू कर दिया था और पढ़ाने में वे ऐसा रमे कि कब शाम झुक आयी इसका अन्दाज़ उन्हें नहीं हुआ। सर विचित्र प्राणी थे, उन्होंने चाय-कॉफी तो दूर एक गिलास पानी तक नहीं पिया और एक लय में पढ़ाते ही रहे। उनकी लगन देखकर ऋतु तो ऐसी गद्‌गद थी कि उसके क़दम ज़मीन पर पड़ ही नहीं रहे थे। उसे लगा अनायास हुई यह अहेतु कृपा उसके सारे जन्मों का संचित पुण्य था, क्योंकि उनके आज के अवदान से ही उसे विश्वास हो गया था कि वह कम-से-कम फेल तो नहीं होगी।

सर, आते ही बोलना शुरू कर देते थे जिसे ऋतु फटाफट अपनी तेज़ लेखनी से लिख लेती थी। उन दोनों का उत्साह देखकर यह निर्णय करना मुश्किल था कि गुरु त्वरित गति से बोलते थे या शिष्या त्वरित गति से लिखती थी। जैसे चातक स्वाति नक्षत्र के लिए बेचैन रहता है, कुछ-कुछ वैसी ही स्थिति ऋतु की भी थी और यदि श्रीवास्तव सरीखे बादल हों तो फिर बात ही क्या थी? वे पूरी तरह से एक-दूसरे के पूरक थे। इन लोगों ने अपनी तेज़ रफ़्तार से पन्द्रह दिनों में छाँटे हुए प्रश्नों में से पचास प्रतिशत के नोट्स बना लिये। तो क्या यह सम्पूर्ण कोर्स महीने भर में पूरा हो जायेगा? क्या यह कोई दिवास्वप्न है? शायद ऋतु की इस सोच ने यात्रा कर श्रीवास्तव सर के कानों में फुसफुसा कर यह इत्तला दे दी, क्योंकि श्रीवास्तव सर ने दूसरे दिन आते ही कहा, "ऋतु जी, पहले हम आज तक का पढ़ा हुआ दोहरायेंगे।" यह सुनते ही ऋतु की साँस तो ऊपर-की-ऊपर, नीचे-की-नीचे रह गयी। ऋतु में एक भारी दुर्गुण था

कि उसे दोहराने के नाम से ही बुख़ार चढ़ जाता था। तभी ऋतु के उर्वर दिमाग़ में एक बिजली-सी कौंधी, उसे लगा, हो-न-हो श्रीवास्तव सर उसे काव्यशास्त्र भी पढ़ा सकते हैं, क्योंकि उसने उन्हें अकसर लाइब्रेरी में मोटे-मोटे ग्रन्थों में उलझे देखा था। अब वे भारी-भरकम ग्रन्थ उपन्यास-कहानी तो हो नहीं सकते और ज़्यादा-से-ज़्यादा क्या होगा, यही न कि सर उसे लालची और मूर्ख समझेंगे, पर इसकी एवज में उनके ज्ञान के खजाने में नाखून बराबर भी सेंध लगा पायी तो उस कल्याण का परिमाण कितना बड़ा होगा, क्या कोई इसका अनुमान भी कर सकता है? फिर हाल में ही उसे शास्त्री सर ने यूनिवर्सिटी में कक्षाओं में बैठने की अनुमति भी दिला दी थी, जिससे उसके ऐसे पंख उग आये थे, मानो वह कक्षाएँ और यूनिवर्सिटी ही क्या पूरा आकाश ही माप लेगी। उसने टालमटोल कर दोहराने वाली बात इधर-उधर कर दी और श्रीवास्तव सर से तय कर लिया कि वे यूनिवर्सिटी के बाद सीधे घर आ जायेंगे और फिर जम कर पढ़ाई करेंगे। यूनिवर्सिटी में ऋतु एम.ए. फर्स्ट ईयर, सेकेंड ईयर और फाइनल ईयर की दो कक्षाएँ डॉ. झा के काव्यशास्त्र की और दो कक्षाएँ श्रीवास्तव सर के भाषा विज्ञान की और दो शास्त्री जी की पूरे मनोयोग से, मन-प्राण देकर सुनती और लिखती जाती थी। उसकी एकाग्रता देखकर उसकी सहपाठिनें अक्सर उसे छेड़ती भी थीं कि तुम जब इन कक्षाओं में बैठती हो तो 'स्टोनडेफ़' (पत्थर) हो जाती हो?

ऋतु उनके उलाहनों और तानों को बिल्कुल तवज्जो नहीं देती थी, क्योंकि उसका स्वभाव था बिना दायें-बायें देखे और मुड़े नाक की सीध में चलने का, और उसने अपने इस स्वभाव को अपना धर्म बना लिया था। दिन पंख लगाकर उड़ रहे थे। ऋतु ने एक-एक मिनट का हिसाब लगा रखा था कि तभी इस ऋतु देवी ने एक अजूबा घटा दिया। उसने एक ऐसा काण्ड किया कि उसके पति समेत उसके सारे शुभचिन्तक सकते में आ गये।

हुआ यह कि एक दिन रविवार को ऋतु जी सुबह-सकारे नहा-धोकर सादी वेशभूषा में पतिदेव के समक्ष प्रस्तुत हुईं और बोलीं, "अभी प्रख्यात लेखक श्री मणिशंकर मुखर्जी आयेंगे और मुझे लेकर विश्व प्रसिद्ध फ़िल्म निर्देशक श्री सत्यजित रॉय के यहाँ जायेंगे। उसके पतिदेव आश्चर्य से आँखें फाड़े उसे देखे जा रहे थे और वह उल्लसित मुद्रा में चहकती हुई धारा-प्रवाह बोले जा रही थी। उसकी लम्बी-चौड़ी वार्ता का सारांश यह था कि सत्यजित रॉय 'जन-अरण्य' उपन्यास पर फ़िल्म बनाना चाहते हैं और उनकी इच्छा है कि ऋतु उस किताब का शीघ्रातिशीघ्र हिन्दी में अनुवाद कर दे। यह बताते हुए ऋतु के तो पैर ही ज़मीन पर नहीं पड़ रहे थे, जबकि उसके पतिदेव को चारों ओर से वे सोलह पर्चे पर फड़फड़ाते हुए दिख रहे थे, जिनसे एक महीना बाद ही ऋतु का युद्ध होने वाला था।

सत्यजित रॉय के जन-अरण्य के लिए ऋतु के पतिदेव बहुत ही मिठास और संवेदनात्मक तरीक़े से ऋतु को समझाने का प्रयास करते रहे और ऋतु जी अपनी बालसुलभ ज़िद में उसे अनसुना करती रहीं। जब सारे साम, दाम, दंड, भेद आजमा कर वे बेचारे हार मान गये तो अन्त में दोनों में यह तय हुआ कि ऋतु उन्हें पूछे बिना सत्यजित रॉय को हाँ नहीं कहेगी।

लेकिन ये तो वही महारानी ऋतुरानी तो थीं जो बचपन में मामा के यहाँ आई हुई सुचित्रा सेन (प्रख्यात अभिनेत्री) के पीछे-पीछे सम्मोहित सी जाकर उनके साथ उनकी गाड़ी में बैठने ही वाली थीं कि मामी ने हाथ पकड़कर उसे खींचा तब जाकर उसकी तन्द्रा भंग हुई थी। अब भला उसके सपनों के राजा सत्यजित रॉय के पूछने पर उसकी गरदन ना में कैसे हिलती? वह तो बिना पलक झपकाये टकटकी बाँधकर उन्हें देखे ही जा रही थी और नेपथ्य में उसके दिमाग़ में 'पथेर पाँचाली', जो उसके जीवन की पहली फ़िल्म थी, से लेकर उनकी जो भी फ़िल्में उसने देखी थीं, वे सब एक के बाद एक रीलों में चल रही थीं।

'शंकर दा' को आश्चर्य भी हो रहा था कि आज ऋतु जैसी वाचाल और जिज्ञासु लड़की इतनी चुप कैसे है, इसलिए उन्होंने उससे कहा भी कि कुछ पूछना है तो पूछ लो, इसके उत्तर में भी उसने सिर्फ़ 'ना' में गरदन हिला दी। शंकर दा से सारी बातें हो जाने पर जब सत्यजित रॉय ने उसकी ओर देख कर कहा, ''तब ठीक है' तो भी ऋतु जी ने केवल जोरो से 'हाँ' में गरदन हिला दी।

सत्यजित रॉय के सम्मोहन में ज़ोरो से 'हाँ' में हिली हुई गरदन घर आते-आते स्थिर हो गयी और ऋतु ने सोचना शुरू किया, अब इस बेवक़ूफ़ी की काट क्या हो? क्योंकि दो बड़े सत्य ध्रुवतारे की तरह उसकी आँखों के आगे आकर स्थिर खड़े हो गये थे। पहला सोलह पर्चों वाली एम.ए. की परीक्षा, जिसके होने में अब मात्र पैंतीस दिन बाक़ी थे, दूसरा एक सौ नौ पन्ने का बांग्ला भाषा में लिखा 'जन-अरण्य' उपन्यास, जिसका तर्जुमा महारानी जी को इसी समयावधि में करना था। पर ज़िद्दी ठूँठ ऋतु ने आज तक कभी हार मानी थी, जो वह आज मानती? उसने सबसे पहले 'मौसमी मन्ना' को फ़ोन किया कि तुम घर आ जाओ। ऋतु ने मौसमी को वर्ष भर बी.ए. में निःशुल्क हिन्दी पढ़ाई थी और अब वह बाक़ायदा एक स्कूल में दसवीं कक्षा में बांग्ला पढ़ा रही थी। दो नम्बर पर उसने आशुलिपिक झा जी को घर आने को कहा। झा जी अच्छे आशुलिपिक थे और छुट्टा काम किया करते थे। यह सब साज-सज्जा करने के बाद वह सीधे अपनी पढ़ाई की मेज़ पर पहुँची और उसने उस बरामदे में मेज़ के पास तीन लोगों के बैठने की जगह बना ली। उसके एम.ए. के नोट्स वाले लम्बे-चौड़े खातों में से ही एक-दो खाते वहाँ रख लिये। रविवार होने के कारण यूनिवर्सिटी तो जाना नहीं था, इसलिए वह मौसमी मन्ना और झा जी को लेकर मेज़ के सामने वाली कुर्सी पर बैठ गयी। बैठते ही उसने दो-तीन कलमों में स्याही भरी और कलमें झा जी के सामने रख दीं। उसने मौसमी से कहा वह उपन्यास को बांग्ला में साधारण गति में पढ़ती जाये ताकि ऋतु उसका हिन्दी में धाराप्रवाह अनुवाद करती

जायेगी, जिसे झा जी हाथों हाथ हिन्दी में लिखते जायेंगे। कुछ ही देर में ऋतु की रेलगाड़ी स्टेशन छोड़कर चल पड़ी। अच्छी तरह से बांग्ला और हिन्दी जानने के कारण जैसे ही ऋतु के बायें कान में उपन्यास का अंश जाता, वह झा जी की अनुपस्थिति में अपने दाहिने हाथ से उसे हिन्दी में लिखती जाती। ऋतु की सर्वदिक गति देखकर उसके दोनों सहायक हर वक़्त अटेंशन मुद्रा में रहते, क्योंकि उनके न रहने पर भी जब ऋतु दोनों काम तेज़ी से कर लेती तो उन लोगों को लगता जैसे वे लोग अयोग्य हैं और उनकी विशेषता को ऋतु ने चुनौती दे दी है। कहा जा सकता है कि वहाँ एक प्रकार की अनकही होड़ चल रही थी। अब तीन-तीन उत्साहितों की इस होड़ का परिणाम तो बढ़िया होना ही था।

ऋतु ने मौसमी और झा जी को देर रात तक काम करने के लिए तैयार कर लिया था। अब होता यह था कि जैसे ही श्रीवास्तव 'सर' जाते वे दोनों वहाँ आकर बैठ जाते और उपन्यास का काम शुरू हो जाता।

आज की ऋतु यह सोचकर हैरान थी कि उस छोटी उम्र में भी ऋतु कितनी झक्की और ज़िद्दी थी, हालाँकि वह इसे अपना निर्भय होना मानती थी। अब इसे ऋतु की ज़िद कहा जाये या साहसी होना, 'जन-अरण्य' उपन्यास आनन-फ़ानन में पूरा हो गया। दरअसल, ऋतु इस दार्शनिक उक्ति को अपने जीवन का धर्म मानती थी कि यदि 'एक मनुष्य अपना सर्वस्व उलीचकर कोई काम करने में जुट जाता है, तो सारी कायनात उसकी मदद के लिए आ खड़ी होती है।

भाग्य देखिए इन देवी जी के कि परिवार के एक आत्मीय बड़े साहित्यकार श्री अशोक जी सेकसरिया ने उसकी प्रूफ रीडिंग का ज़िम्मा ले लिया। सौभाग्य से उसी समय पतिदेव दिल्ली जा रहे थे, वे स्वयं उसकी पाण्डुलिपि लेकर दिल्ली गये और उन्होंने राजकमल की मालकिन श्रीमती शीला सन्धु से बातचीत कर वह पाण्डुलिपि उन्हें दे दी।

शीला सन्धु जी की तत्परता सर्वविदित थी। उन्होंने अत्यन्त अल्प समय में पुस्तक छापकर भेज दी। ऋतु वह किताब लेकर स्वयं भी श्री

सत्यजित रॉय के पास जा सकती थी, पर उसे इस प्रकार का दिखावा बिल्कुल पसन्द नहीं था इसलिए उसने वह किताब श्री मणिशंकर मुखर्जी को भिजवा दी।

ऋतु ने 'जन-अरण्य' के अनुवाद हेतु समय की जो चोरी एम.ए. पाठ्यक्रम से की थी, उसका हरजाना उसने अपने समय से काटकर इस तरह भरा कि वह रात को तीन बजे सोती और सुबह साढ़े पाँच बजे उठ जाती। लगता था, जैसे उसने अपने पतिदेव डरा दी गयी गुडाकेश उपाधि को सत्य सिद्ध कर दिया था।

देवरानी-जेठानियों ने उसकी राह में इतने रोड़े बिछा दिये थे, जो अवर्णनीय है। मसलन ऋतु यूनिवर्सिटी जाने के लिए नीचे उतरती तो पता चलता फलाँ 'जेठानी जी' गाड़ी ले गयी हैं। बड़े घर की बहू का रास्ते में पैदल जाना वर्जित था, इसलिए ऋतु किताबों का थैला लटका कर अपने चेहरे को पल्लू से ढँके मुर्दाघर के रास्ते से यूनिवर्सिटी जाती। उसके पुराने नौकर-दाई आदि को वे लड़-लड़ा कर निकाल देतीं, ताकि ऋतु पढ़ने न जा सके। पर जिसने यह सोच लिया हो कि उसे बायें, दायें, पीछे कहीं नहीं देखना है, उसे अपने बच्चों के बुख़ार की और उनके भूखे रहने की भी क्या परवाह होती!

परीक्षा को अब आठ दिन ही बचे हैं, यह सोचकर ऋतु ने नोट्स बनाने बन्द कर दिये। अब उसने अपने छांटे हुए प्रश्नों के सामने एक़दम संक्षिप्त अर्थात आठ-दस लाइनों में उनके उत्तर लिख लिये। उन फुलस्केच पन्नों पर उसने लिखा प्रश्न-पत्र नम्बर एक और इसी तरह बाक़ी के पन्द्रह पर्चे भी उसने नम्बरों के हिसाब से बाँट लिए ताकि परीक्षा वाले दिन वह पूरे मनोयोग से उन्हें एक बार अपनी नज़रों से निकाल ले। हक़ीक़त यह थी कि एक नज़र से निकालने की बात बेकार थी। दरअसल, वह जानती थी कि अपनी आँखों में फ़िट उस स्मरणशक्ति वाले कैमरे का बटन दबाकर, वह उसका पूरा प्रतिबिम्ब अपने दिमाग़ में छाप लेगी।

इम्तहान जितने पास आ रहे थे, ऋतु उतनी ही मस्त और जिंदादिल होती जा रही थी। इन्हीं दिनों ऋतु के पतिदेव के एक मित्र जो ऋतु के भी बहुत नज़दीक थे, चिन्ताग्रस्त चेहरे से ऋतु को बोले, "ऋतु, तुम मुझे छूकर कहो, तुम पास तो हो जाओगी ना?" ऋतु ने उन्हें छूकर पूर्ण गम्भीरता से कहा, "भैया, पक्का नहीं है, फेल होने की गुंजाइश ज़्यादा है।" सुनकर उन बेचारों का मुँह एक़दम उतर गया और ऋतु का रिजल्ट आने तक उतरा ही रहा। यह मसला इतर है कि रिजल्ट आने के बाद उन्होंने मारे नाराज़गी के ऋतु से बात करनी बन्द कर दी।

देखते-देखते परीक्षा की वह घड़ी आ गई, जिसके डर से सब सूखे जा रहे थे। शास्त्री जी सर की तो क्या कही जायी? सर ने इम्तहान के पाँच-छह दिन पहले कक्षा में घुसते ही कहा, "बच्चो, आज तक मैं तुम लोगों से कहता था परीक्षा की मत सोचो, ख़ूब मन लगाकर सबकुछ आत्मसात करते हुए पढ़ते जाओ। पर आज मैं तुम्हें बताऊँगा परीक्षा कैसे देनी है? और उन्होंने सारे परीक्षार्थियों को बाक़ायदा फुलस्केप कॉपियों को हाथ में लेकर इस प्रकार बताना शुरू किया।

बच्चो, सबसे पहले कॉपी को तीन तरफ़ से मार्जिन की तरह मोड़ लो, ताकि यदि कोई पंक्ति तुम्हें बाद में, याद आ जाये तो उसे लिख सको। पूरे प्रश्न पत्र को अच्छी तरह दो-तीन बार पढ़ लो। जो उत्तर तुम्हें सबसे अच्छी तरह आता है, उसे सबसे पहले लिखो, पर एक बात का ध्यान रखना कि उसमें इतने मत खो जाना कि बाकी के प्रश्नों का समय कम पड़ जाये। प्रत्येक प्रश्न के सामने उसके नम्बरों के अनुसार उसका समय लिख लेना और ध्यान रखना, तुम्हें पूरा पर्चा दोहराने के लिए कम-से-कम आधे घण्टे का समय हाथ में रखना है।

ऋतु ने अपनी जिदों को ताक़ पर रख 'सर' की एक-एक बात को अच्छी तरह समझकर याद कर लिया। सच! दाद देनी चाहिए 'सर' की बच्चों को समझाने की पद्धति को, ये सारे नुस्खे ऋतु के बहुत काम आये। सर के निर्देशानुसार ऋतु परीक्षा के प्रथम दिन आधा घण्टा पहले जाकर

परीक्षा हॉल में प्रथम पंक्ति में बैठ गई, जबकि उसकी क्लास की सारी लड़कियाँ गुट बनाकर सबसे पीछे की सीटों पर जमी हुई थीं।

प्रश्न पत्र मिलते ही ऋतु ने उसे ऊपर से नीचे तक दो-तीन बार पढ़ा और उसमें क्रमवार नम्बर डाल लिये। यह सारा 'जाचा' जँचाने के बाद उसने कलम उठाई और वह कलम पेपर ख़त्म करने के बाद ही वापस रखी। घड़ी के अनुसार उसके हाथ में अभी भी चालीस मिनट समय था। उसने आव-देखा-न-ताव पहले तो एक हाथ में प्रश्न पत्र और एक में उत्तर पुस्तिका लेकर यह दिलजमई की कि सारे प्रश्नों के उत्तर लिखे हुए हैं ना।

फिर उसने एक-एक कर सारे उत्तर पढ़े। उसने अचरज से देखा कि सारे उत्तर उसकी क्षमतानुसार ठीक लिखे हुए थे और नम्बरों के अनुसार ही उनका विस्तार भी था। पाँच-छह पर्चे आराम से हो गये थे और परीक्षा को लेकर जो डर ऋतु को लग रहा था, वह भी ख़त्म हो चला था। छठे दिन विनय पत्रिका आदि से सन्दर्भ और व्याख्या का पर्चा था। चूँकि यह विषय विष्णुकान्त सर पढ़ाते थे, इसलिए ऋतु को उसे दोहराने की भी ज़रूरत नहीं थी। पर विधि का विधान देखिए, उसके पसन्दीदा पर्चे के दिन उस विधाता ने क्या विघटन घटाया?

अंग-प्रत्यंग में उत्साह एवं पैरों में थिरकन लिए ऋतु रानी जब यूनिवर्सिटी जाने को तैयार होने के बाद घर की धिरानी बड़ी जिठानी को कहने के लिये गयीं तो उसके कानों में गर्म सीसे से उनके शब्द पड़े, "अरे वाह! बाई पुरो सज-धज कर कहाँ चल पड़ीं, इतना भी होश नहीं है कि आज हम लोगों की शादी की 'सिल्वर' वर्षगाँठ है। शाम को यहाँ पार्टी है, जिसके लिए ये फूलों की मालाओं के ढेर तुम्हारी प्रतीक्षा में हैं कि तुम कब आकर इन्हें सजाओगी। ऋतु ने कातर दृष्टि से अपनी मंझली जिठानी की ओर देखा जो आनुषंगिक वस्तु की तरह सर्वदा बड़ी जिठानी जी से चिपकी रहती थीं। उसकी दृष्टि का अर्थ समझकर वे तपाक से बोली, "ऋतु माफ़ करना, मेरे ज़िम्मे खाना बनवाना और

मेहमानों का स्वागत करना है, इसलिए मैं तुम्हारी कोई सहायता नहीं कर पाऊँगी।'' नौकर-चाकरों के हाथ बँटाने का तो सवाल ही नहीं था, क्योंकि यदि वे आते भी तो वे दोनों उन्हें किसी-न-किसी काम के बहाने वहाँ से पार कर देती थीं।

बेचारी ऋतु कर्तव्यपरायणता के ऐसे जाल में फँस गयी थी, जो उससे काटे नहीं कट रहा था। पर कभी हार न मानने वाली ऋतु आज कैसे हार मान जाती, इसलिए उसने घड़ी देखना बन्द किया, माथे से चिन्ता की लकीरें हाथ फेर कर मिटा दी और सब कुछ भाग्य के हवाले कर कमर में कसकर फेंटा कसा और ज़ोरों से काम में जुट गयी। वह जिस गति से दायें बायें, सिर के ऊपर से, कमर के पीछे हाथ पैर ले जाकर काम कर रही थी, उसे देख कर बंगालवासियों को अष्टभुजा देवी दुर्गा की याद आ सकती थी। आश्चर्य की बात है, जो लड़की यूनिवर्सिटी जाने के लिए तैयार होकर आयी थी, उसे देखकर ऐसा लगता ही नहीं था कि यह जब्बर, गँवार लड़की कभी स्कूल भी गयी है। लम्बे-लम्बे बालों का हाथ 'खोपा' (जूड़ा) बाँधे वह बंगाल की गाँठों की ठेठ बंगाली देहातन लग रही थी।

पूरा कमरा अच्छी तरह से सजाने के बाद कि कहीं से कोई ताना न आ जाये, उसने अपना थैला उठाया और तेज़ी से सीढ़ियाँ उतर कर पर्चा देने इतनी ज़ोरों से भागी, गोया रास्ते वाले 'मोर्ग' (मुर्दाघर) से उठकर किसी मुर्दे का भूत उसका पीछा कर रहा हो। जब वह बदहवास-सी परीक्षा हॉल के बाहरी दरवाज़े पर पहुँची तो यह देखकर दंग रह गयी कि दरवाज़े पर यूनिवर्सिटी के वाइस चांसलर खड़े उसकी प्रतीक्षा कर रहे हैं। वह हक्का-बक्का-सी फटी आँखों से उन्हें देखे जा रही थी कि वे बोले "ताड़ाताड़ी जान (जल्दी जाइए) और ये लीजिए आपका प्रश्न-पत्र और आपकी कॉपी। आप घण्टा भर लेट हैं और लेट मत करिए।'' उसके पूरे शरीर के गद्गद भाव को अपने वाक्यों से सान्त्वना देते हुए उन्होंने आगे कहा, "मैं आपको रोज समय से पहले प्रथम पंक्ति में बैठ कर शान्ति से

परीक्षा देते देखता था, आप न बायें देखती, न दायें, बस नाक की सीध में पर्चा लिखा, दोहराया और 'एक्जामिनर' को पकड़ा दिया और-तो-और मैंने अन्य छात्रों की तरह आपको बार-बार टॉयलेट की तरफ़ दौड़ते नहीं देखा, इन सब बातों से मुझे पूरा विश्वास था कि आप आयेंगी ज़रूर, वैसे भी मुझे शास्त्री जी ने आपके संयुक्त परिवार के बारे में और उसमें विद्यमान अनेकानेक असुविधाओं के बीच इस 'विद्या युद्ध' के बारे में बताया भी था। उन महाशय की इस बात से ऋतु के मन में शास्त्री जी के प्रति ऐसा कृतज्ञता भाव उपजा जिसकी अभिव्यक्ति शब्दों से परे है। वाइस चांसलर के हाथ से प्रश्न-पत्र लेते वक़्त ऋतु इतना झुक गयी कि वे उसे हल्का करने के लिए बोले, "कोनो बैपार नेई" (कोई ख़ास बात नहीं है)

उनसे प्रश्नपत्र लेकर ऋतु जब परीक्षा हॉल में घुसने लगी, तब परीक्षक महोदय ने उसे रोक लिया। ऋतु बेचारी तो ऊक-चूक, पर तभी उसे उनके पीछे से 'वाइस चांसलर' की आवाज़ सुनाई दी, "इनाके आमि परमिशन दिये छि।" (इनको मैंने अनुमति दी है)। यह सुनते ही बेचारे परीक्षक महोदय इस क़द्र पीछे हट गये मानो उन्हें ऋतु को गॉड ऑफ़ ऑनर में सलामी देना था और उनसे भूल हो गयी है।

ऋतु देवी ने पर्चा देना शुरू किया, तो जैसा उसने सोचा था, वैसे ही उसने क़िस्सा गोई और कहानियों की तरह व्याख्याएँ शुरू कीं। मसलन उसने 'विनय पत्रिका' के लिए लिखा कि मुझे विनय पत्रिका के तुलसीदास एक ऐसे थके हुए प्रौढ़ लगते हैं, जो जब जीवन की सन्ध्या के एक मोड़ पर बैठकर अपनी कमाई का पोटला खोलते हैं, तो उन्हें उसमें रामचरित, मानस के अलावा भी तमाम तरह की सामग्री तो मिलती हैं, पर उसमें पूर्ण समर्पण विगलित प्रेम श्रद्धा अर्पण की एक भी रचना नहीं मिलतीं। बेचारे तुलसीदास तो यह सोच-सोचकर अपना सर धुनने लगे कि मैं तो मानता था कि मेरे रोम-रोम राम में रमे हैं, तो यह मानना क्या एक भ्राँति मात्र थी? क्या मैं उनके चरणों में एकनिष्ठ नहीं था? जब तुलसी पश्चात्ताप की अग्नि में जलने लगे, तब चन्दन के लेप की तरह

उन्हें अपने अन्तर्मन में प्रभु की वाणी सुनायी दी और उन्होंने वहीं बैठकर विनय पत्रिका की रचना शुरू कर दी। तुलसीदास खरा सोना तो थे ही ऊपर से तप की अग्नि ने उन्हें ऐसा निखार दिया था कि विनय पत्रिका का एक-एक पद गायक और सहृदय के हृदय में सीधा उतर जाता था।

भूमिका की तरह यह लिखने के बाद ऋतु ने पद्यांश की व्याख्या चुटकियों में कर दी। कमोबेश उसने यही खेल सारे प्रश्नों के साथ भी खेला और समय पर उत्तर पुस्तिका जमा कर दी। परीक्षक महोदय ने सदाशयता दिखाते हुए कहा भी "दोरकार होय तो एकटू शोमय आरो निए निन (आवश्यकता हो तो आप थोड़ा समय और ले लीजिए)। पर ऋतु ने विनम्रतापूर्वक उन्हें धन्यवाद दिया और घर की ओर भागी।

ऋतु जिस त्वरा से जल्दी-जल्दी सीढ़ियाँ चढ़ रही थी, देखने वाले को उसे देखकर लगा था मानो उसे कोई रेल पकड़नी है, पर वह तो सीधी अपने कमरे के कोने में धरी मेज़ पर जाकर विराज गयी थी और अपने विचाराधीन काग़ज़ों को सलटाने लगी थी, उसे देखकर यही लगता था मानो वह सदियों से यही काम करती रही। ऋतु की देवरानी, जेठानियाँ, उसके मातहत कर्मचारी उसको अविश्वास से आड़ से झाँककर देख रहे थे कि आख़िर यह हो क्या रहा है, वैसे यह बात थी भी अचरज करने लायक कि कोई बन्दा इतनी सघन तपस्या के बाद बिना क्षण भर रुके, फिर से उसी तपस्या में तल्लीन हो जाये। उम्र के इस पड़ाव से ऋतु जब मुड़कर देखती है, तो वह स्वयं भी आश्चर्यचकित रह जाती है कि आख़िर इस ऋतु नामक जीव में ऐसी कौन-सी शक्ति थी कि न तो वह ऊबती थी, न ही थकती थी और न ही किसी मोड़ पर मुड़ने का लालच ही उसके मन में आता था, वह तो बस काम और काम बस अहर्निश काम, की ही माला जपती रहती थी और उसे ही गुनती भी थी।

पढ़ाई-लिखाई की किताबों को झाड़-फटककर उसने एक ओर रख दिया। विशेषकर एम.ए. के नोट्स के खातों को उसने अत्यधिक

एहतियात से रख दिया। तभी अचानक उसे एक दिवास्वप्न की तरह झलका तो उसने अपने सिर पर एक चपत लगाते हुए कहा, ऋतु कल्पना के आकाश से ज़मीन पर लौट आ, जब तेरे पास होने के ही टोटे पड़े हुए हैं, तो उड़ना बन्द कर। अपना परीक्षा फल और उसमें आये बढ़िया नम्बर दिख गये।

वैसे भी उस दिन सुबह ही जब उसने अपने पतिदेव से यों ही साधारण ढंग से कहा था, "जी, लगता है यदि समय लगाकर अच्छी तरह पढ़ाई की होती तो शायद अच्छे नम्बर आ जाते, तो उन्होंने पहली बार व्यंग्य से कहा था, "अरे वाह! कल तक तो तुम्हारे पास होने के लाले पड़े हुए थे और तुम फेल होने के लिए सबकी क़समें उठाती फिरती थी कि शायद तुम पास भी नहीं होवोगी और आज तुम्हारा मन बढ़िया नम्बरों के लिए ललच रहा है।" ऋतु ने बात की सत्यता स्वीकारते हुए सोचा, "बीति ताहि बिसर दे, आगे की सुध लोय" को आत्मसात किया और भविष्य की एवं इन दिनों की स्थगित की हुई योजनाओं को पुन: गतिवान करने में जुट गयी।

सर्वप्रथम तो उसने मदर टेरेसा से जुड़ी हुईं जो संस्थाएँ थीं, उनके अलावा दूसरी संस्थाएँ जैसे मारवाड़ी बालिका विद्यालय, पारिवारिकी, मुस्लिम पिछड़ा केन्द्र करीमगंज, आदि कुल मिलाकर लगभग आठ-दस संस्थाओं में अपनी हाज़िरी दर्ज़ करा दी। चूँकि सब उसकी निष्ठा के कायल थे, इसलिए सभी ने उसका तहे दिल से स्वागत किया। वह सुबह आठ-नौ बजे एक टिफिन में दो रोटियाँ और नींबू के अचार की फाँक लेकर निकल जाती और रात्रिभोजन के समय लौटती। उसके श्वसुर महोदय ने एकाध बार उसे प्यार से समझाया भी, पर 'गुम्मा' सी होकर उनकी सारी बातें गर्दन झुकाकर सुनने के बावजूद वह दिनों-दिन संस्थाओं के काम में और भी उलझती गयी। इस चक्कर में उस पर दो-चार बार तो मलेरिया का बड़े प्रकोप भी हुआ, पर वह तो सदा से ही बड़े लोगों की दीवानी थी, इसलिए मदर टेरेसा, महाश्वेता देवी आदि का

घर पर आना और उनका उसे ऋतु-ऋतु कहकर पुकारना उसकी सारी थकान हर लेता था।

ऋतु की व्यस्तताएँ बढ़ती जा रही थीं कि अचानक फ़ोन की एक घण्टी ने ऋतु की तेज़ चलती गाड़ी को एक झटके से रोक लिया। उस फ़ोन की घण्टी का असर इतना प्रभावशाली था कि ऋतु ने दायें-बायें देख कर पूछा, 'सर, क्या आप सही कह रहे हैं?'' "हाँ, जी, मैं हूँ तो कुसुम खेमानी, पर सर क्या आपने ठीक से मेरा रोल नम्बर और नाम पढ़ा है?"

जैसा ऋतु का तेज़ गति वाला मानस था, उसके अनुकूल होना तो यह चाहिए था कि ऋतु की उछाल छत छू लेती, पर यह क्या? आज तो ऋतु किंकर्तव्यविमूढ़ सी फ़ोन हाथ में ही लिये बैठी रही थी। कुछेक क्षणों के बाद उसके कानों में सास के ये शब्द पड़े, "अरे, बींदणी, तू भाट्ठ-सी (पत्थर-सी) क्यूँ बैठी है?' तब उसे चेत हुआ और उसने खड़े होकर सास के पैर छूकर प्रणाम करते हुए अपना 'फर्स्ट क्लास' आना बता दिया। जब उन पर इस सूचना का ख़ास असर नहीं दिखा, तो उसने अपनी सबसे छोटी ननद को, जो कि इस पूरे घर में सबसे अधिक संवेदनशील और रस से भरा व्यक्तित्व थी, उसे यह ख़बर सुनायी तो उसका अंग-अंग थिरकने लगा और वे दोनों हाथ ऊपर उठाकर नारा लगाने लगीं, "ऋतु भाभी फर्स्ट आयी है.. फर्स्ट आई हैं।" उसके उत्साह का ज्वार थामे नहीं थम रहा था, जिसे देख कर ऋतु की देवरानी, जेठानियाँ जली जा रही थीं, पर उनका ननद बाई पर कोई वश तो था नहीं, जो उसे धमका देतीं, बल्कि ऊपर-ऊपर से झूठमूठ मुस्कुराना भी उनकी बाध्यता थी।

अभी रिज़ल्ट निकले देर नहीं हुई थी कि यूनिवर्सिटी के कई-एक प्रोफ़ेसर के फ़ोन आ गये कि वे ऋतु के गाइड बनने को तैयार हैं। यहाँ तक कि विभागाध्यक्ष महोदय, जिन्होंने उसके युनिवर्सिटी में कक्षा में बैठने से लेकर उसके एडमिट कार्ड तक ढेरों-ढेर अड़ंगे लगाये थे, उन्होंने भी घुमा-फिरा कर ऋतु को ख़बर कराई कि वे भी उसको अपने संरक्षण में रिसर्च कराने को तैयार हैं।

अचानक विभागाध्यक्ष की इस सुख़बर ने किशोरावस्था के सोये हुए अनेकानेक क़िस्सों की अनेक रीलें ऋतु की आँखों के सामने खोल दीं। वह एक साक्षीचेता की तरह उन्हें देखती हुई, हल्की-सी हँसती हुई मुस्कुराने लगी, क्योंकि ऋतु के जीवन जीने की भंगिमा और तौर-तरीक़े इतने विलक्षण थे कि उसका कोई जोड़ीदार आतशी शीशे से ढूँढ़ने पर भी नहीं मिलता—मसलन उसने अपनी दक़ियानूसी ससुराल में अपनी सबसे बड़ी जेठानी को पढ़ाते वक़्त यहाँ तक कह दिया कि "ओह आपके दिमाग़ में तो भूसा भरा है यदि गोबर भी होता तो कुछ तो उपजता।" बेचारी बड़ी जिठानी जी विस्फ़ारित आँखों से उस बदतमीज़ लड़की को घूर रही थीं, पर यह उनका बड़प्पन था कि उन्होंने यह बात ऋतु के पतिदेव को छोड़कर किसी से नहीं कही। ऋतु के पतिदेव ने न जाने क्या कहकर जिठानी जी को मनाया, जो उन्होंने यह बात अपने तक ही रख ली।

अपनी इस बेवक़ूफ़ीपूर्ण बात के बाद ऋतु ने दृढ़ निश्चय किया कि भविष्य में वह ऐसी ग़लती मर कर भी नहीं करेगी। पर पानी और रेत पर कुछ भी लिखा कभी टिकता है क्या जो ऋतु का ख़ुद से किया हुआ वादा टिकता? वह तो ठहरी ही 'वही घोड़े, वही मैदान' वाली कहावत की मुरीद। इसलिए दूसरे ही दिन ऋतु की बड़ी ननद ने उससे कहा कि "बड़े भैया जब तुम्हें देखने गये थे, तब अंग्रेज़ी का अख़बार ले गये थे, ताकि तुम्हारा अंग्रेज़ी का उच्चारण देख सकें। ऋतु के लिए यह बात एक़दम अविश्वसनीय थी। इसलिए वह इसकी सत्यता परखने बड़े भैया के पास गयी। बड़े भैया घर के सर्वेसर्वा थे और उनका दबदबा ऐसा था कि उनके घर में घुसते ही पूरा घर 'अटेंशन मुद्रा' में आ जाता था और सुई-पटक सन्नाटा छा जाता था। ऐसे व्यक्तित्व के सामने ऋतु देवी निडर होकर उनसे पूछ रहीं, "भैया, सच कहिए कि अभी बड़ी ननद विमला बाई ने मुझसे कहा है कि आप लोग जब मुझे पसन्द करने आये थे तब हाथ में अंग्रेज़ी का अख़बार यह जाँचने के लिए ले गये थे कि 'लड़की' को अंग्रेज़ी ठीक से आती है या नहीं? अंग्रेज़ी माध्यम में बी.ए. फाइनल

ईयर की लड़की को यह कहना कि तुम अख़बार पढ़कर दिखाओ, अपने आपमें एक निहायत ही बेसिर-पैर की फ़रमाइश है। इस पर ऋतु ने आगे पूछा, तो पढ़वाया क्यों नहीं? उत्तर में बड़े भाई साहब बोले, "साथ में बम्बई वाले मामा जी थे। उन्होंने बातचीत के बीच में जब तुम्हारा धड़ल्ले से अंग्रेज़ी बोलना देखा उन्होंने मेरा हाथ पकड़ लिया।" इस पर जिस ऋतु ने थोड़ी देर पहले ही जो वादा ख़ुद से तमीज़ में रहने का किया था, वह क्षणमात्र भी गँवाये बिना बोली, "अच्छा किया जो आपने मुझसे अख़बार पढ़ने को नहीं कहा, वर्ना मैं वह अख़बार आपके मुँह पर दे मारती।" जिन बड़े भैया से पूरा परिवार और आसपास के लोग थर-थर काँपते थे, उनके सामने ऐसी कड़ी बात बिना घमण्ड और बदतमीजी के बेख़ौफ़ कह देना, उस घर के बाशिन्दों के लिए कल्पनातीत था। पर पता नहीं ऋतु कैसी 'करम साँड' थी कि हर व्यक्ति उसकी सादगी और भोलेपन पर मर मिटता था।

आज भी यही घटा और बड़े भैया ने हँसकर कहा "भई, चलो सदा की तरह आज मैं तो ऋतु की मार से बच गया।" वैसे हक़ीक़त यह भी थी कि ऋतु का सौन्दर्य और भोलापन बड़े भैया की भी विशेष कमज़ोरी थी।

ऋतु के बचपने की पटरियों पर दौड़ती तीव्र गतिवान रेल अचानक हिचकोला खाकर रुक गयी, कारण था प्रो. सर श्रीवास्तव जी का फ़ोन। उनसे ज़्यादा गम्भीर व्यक्ति ऋतु के ईर्द-गिर्द तो कोई था नहीं, इसलिए वह थमक कर रुकी और फ़ोन पर "हाँ सर, हाँ सर", करती नज़र आयी।

श्रीवास्तव सर का सीधा सहज प्रश्न था कि "आपने अपनी थीसिस के लिए कौन सा विषय चुना?" इसका उत्तर देते वक़्त तेज़-तरार ऋतु भी संकोच से भर कर भूमिका बाँधने के लिए शब्द ढूँढ़ती हुई दायें-बायें बग़लें झाँकती दिखी। जब ऋतु ने यह कहा कि "सर, पहले तो महादेवी जी के कहे अनुसार 'मीराँ' पर काम करना तो शुरू किया था, जिसके लिए मैंने बीकानेर के नाहटा पुस्तकालय तक से किताबें मंगवा ली थी,

पर थोड़ा सा काम करने के बाद मेरे हाथ मीराँ पर 'पाठक जी' का किया अत्यन्त सुन्दर काम लगा तो मैंने 'मीराँ' पर काम करना छोड़ दिया।

"कुसुम जी, ये सारे क़िस्से पुराने हैं। मेरी जिज्ञासा है कि आपने अब कौन-सा विषय चुना और उस पर कितना काम कर लिया।"

"सर, मुझे पता है कि आप लोग अक्सर चर्चा किया करते थे कि हिन्दी में तो नाटकों का ही अभाव है, तो उस पर काम करने में क्या आनन्द आयेगा? यहाँ तक कि एक दिग्गज साहित्यकार ने उस पर यह कहकर मुहर लगा दी कि "जब प्रभा ने मुझसे पूछा कि मैं तो सुबह से शाम तक नाटक खेलती रहती हूँ, तो नाटक पर ही रिसर्च क्यों न कर लूँ तो मैंने उसे समझाया, "देवी तुम तो तरह-तरह की भाषा, भाव और भंगिमा के नाटक खेलती हो, तो केवल हिन्दी नाटक पर रिसर्च कैसे करोगी?"

ख़ैर साहब, ज़िद्दी ऋतु ने इधर-उधर सिर फोड़कर अन्त में नाटक पर ही रिसर्च करने की ठान ली और अपने तारनहार श्रीवास्तव सर, के दरवाज़े पर अलख जगायी और दीनबन्धु, करुणामय श्रीवास्तव सर उसका त्रास मेटने उसके यहाँ आ गये।

उनको देखते ही ऋतु भाव-विगलित होकर उनसे 'अंडर-बंडर' प्रश्न करने लगी। वे ठहरे सागर से धीर-गम्भीर उनके पल्ले उसकी उद्विग्नता का 'क' 'ख' 'ग' भी नहीं पड़ा। कुछेक देर बाद वे बोले ऋतु जी समझ में नहीं आ रहा कि आप सरीखा बहादुर और मेधावी व्यक्ति इतना विचलित क्यों हो रहा है। आप बेफ़िक्र रहिए मैंने थीसिस के लिए आपके विषय का चयन कर लिया है और हमें कैसे आगे बढ़ना है, यह भी निश्चित कर लिया है।

'थीसिस' की किताबों के लिए मैंने आपकी मेज़ यूविर्सिटी में और नेशनल लाइब्रेरी में 'बुक' करा दी है। अब आप ढेरों-ढेर किताबें लेकर उन पर रख सकती हैं, जिन्हें और कोई नहीं ले सकता है। आप मनचाहे समय तक वहाँ पढ़ सकती हैं।"

ये सारी बातें सुनकर ऋतु गद्गद होती जा रही थी कि अचानक उसके ध्यान में आया कि 'सर' से विषय तो पूछा ही नहीं। जब उसने 'सर' से यह बात कही तो वे ज़ोरों से हँसकर बोले, "चलिए, आपको विषय पूछना याद तो आया, तो ऋतु जी आपका विषय है 'स्वातन्त्रोत्तर हिन्दी नाटक, विकास और सम्भावना'।"

"सर इतना लम्बा-चौड़ा और गहरा विषय?"

ऋतु जी जब आप मेरे अन्तर्गत थीसिस कर रही हैं, तो मैं आपको थोड़े में कैसे छोड़ सकता हूँ।" उस सारी रात ऋतु को सपने आते रहे और उसे लगता रहा, वह किताबों के बोझ तले दबी जा रही है।

दूसरे दिन ऋतु सुबह-सुबह 'सर' के घर जा धमकी और उन्हें साथ लेकर अपने दोनों 'ठीए' देख आयी, जहाँ उसे अपने भविष्य के कई साल गुज़ारने थे।

फरवरी 2022

गोल-गोल चक्र बनाती, बलखाती सीढ़ियाँ, मेहराबदार खम्भे और चारों ओर फैली हरीतिमा की अन्तिम सीढ़ी पर खड़े होकर ऋतु ने अपनी दृष्टि दूसरी ओर घुमायी तो उस दृश्यमान दृश्य को देखकर उसे स्वयं अपने सौभाग्य से ईर्ष्या हो रही थी, क्योंकि सारे जीवन से प्यारी उसकी आँखों को पहली बार अब जाकर तृप्ति हुई थी।

ऋतु ने जब अपनी निर्धारित मेज़ के बारे में पूछा तो रिसेप्शन काउंटर से एक सम्भ्रान्त व्यक्ति उठे और एक़दम स्पष्ट और सुसंस्कृत भाषा में उसका पूरा परिचय लेने के बाद उन्होंने विस्तार से उसकी अपेक्षित पुस्तकों की सूची माँगी ताकि वह पुस्तकों के उस महासागर में डूबने से बच जाये। ऋतु उनकी सूझ-बूझ और जानकारी देखकर उनकी कायल हो रही थी, और रह-रहकर उसके मन में प्रभु की उस अहेतु कृपा के प्रति एक कृतज्ञता भाव भी उभर रहा था। जैसा उसे प्रथम दिन अचानक

श्रीवास्तव सर को अपने यहाँ देखकर हुआ था। दो-चार मिनटों में ही वे वापस आये और उन्होंने थोड़ा-सा झुककर 'बाअदब, बामुलाहिज़ा' की 'टोन' में ऋतु से कहा : आप ठहरी साहित्य की साधिका इसलिए आपको तो वही मेज़ मिलनी चाहिए, जो किसी बड़े साहित्यकार के नाम हो और किताबों के हृदय में स्थित हो अर्थात् बीचों-बीच हो। आइए आप इधर आइए, कहते हुए वे ऋतु का मार्गदर्शन करते हुए जिस मेज़ के सामने पहुँचे, वह 'ग़ालिब' को समर्पित मेज़ थी और उसके ऊपर-नीचे, बायें-दायें उर्दू की कलात्मक लिपि को और भी कलात्मक बनाते हुए कालजयी साहित्यकार ग़ालिब साहिब के हृदय छूते मार्मिक कलाम उकेरे हुए थे।

काली महोगनी लकड़ी की वह मेज़ बिना नक़्क़ाशी के ही सैंकड़ों नक़्क़ाशीदार मेज़ों को मात दे रही थी। राम जाने वह मेज़ किस बाबा आदम के ज़माने की थी, पर उसकी सतह और शरीर ऐसे चमक रहे थे, गोया वह अभी-अभी पॉलिश करवाकर कारख़ाने से आयी है। ऋतु का झक्की दिमाग़ फ़ालतू बातों के शोध करने में तो माहिर था ही, इसलिए वह इसी बात की तह में घुस गयी कि आख़िर इस मेज़ का इतिहास क्या था और यह बनी कब थी?

नेशनल लाइब्रेरी की उत्पत्ति की खोज में जुटी ऋतु उसे कई तरह के खानों में खोजती जा रही थी, पर उसके इतिहास या भूगोल का कोई भी सिरा उसके हाथ नहीं आ रहा था, ठीक उसी समय नृसिंह भगवान की तरह वही मिस्टर चन्द्रा, जो वहाँ के सबसे अधिक तालीमयाप्ता लाइब्रेरियन थे, अचानक वहाँ प्रकट हो गये और अपनी उसी लखनवी तहज़ीब के अनुरूप पहले दिन की तरह ही ऋतु से पूछा कि वे ऋतु को काफ़ी देर से परेशान देख रहे हैं, क्या वे उसकी कोई सहायता कर सकते हैं? दरअस्ल ऋतु के टेबल के ठीक सामने मि. चन्द्रा का भी टेबल था और एक मारवाड़ी घर की महिला इतनी विपरीत परिस्थितियों में पी.एच. डी. कर रही है, सोचकर वे अनायास ही ऋतु के प्रति विशेष कृपालु हो गये थे। जब कोई आपको इतनी इज़्ज़त देता हो, तब उससे कोई भी

बचकाना प्रश्न पूछने में हिचक होती है, इसलिए ऋतु ने बहुत ही संकोच से झिझकते हुए उन्हें अपनी जिज्ञासा बता दी। मि. चन्द्रा ठहरे समुद्र से गहरे और आकाश सी विस्तृत संवेदना के धनी उन्होंने कहा, "आज मुझे यह देखकर इतना आनन्द हो रहा है कि कोई जिज्ञासु तो ऐसा आया, जिसे इस पुस्तकालय के उद्‍भव, विकास और इतिहास में इतनी गहरी रुचि है, वर्ना आजकल के शोधार्थी तो केवल अपने मतलब के विषय से वास्ता रखते हैं।" यह कहकर उन्होंने ऋतु को अपने पीछे आने का इशारा किया और विशालकाय लाइब्रेरी के एक कोने में ले जाकर उसे पुरानी-धुरानी पुस्तिकाएँ देते हुए कहा, "हालाँकि इसमें आपको अपने प्रश्नों के उत्तर मिल जायेंगे, पर इनकी जीण-शीर्ण काया देखकर मेरा मन नहीं कर रहा कि आप अकेली इससे माथा फोड़ें, आइए मैं आपके साथ चलता हूँ, आपको जितने प्रश्न पूछने हों, आप बेखटके पूछ सकती हैं।

अब तक ऋतु ने उनके 'बायोडाटा' से यह जान लिया था कि वे बड़े भारी 'इतिहासविद्' हैं। उन्होंने इसलिए पहला प्रश्न पूछते ही बताया कि 1836 सन् में इसकी स्थापना 'कलकत्ता पब्लिक लाइब्रेरी' के नाम से हुई थी। 1948 में इसे राष्ट्रीय पुस्तकालय का दर्जा दिया गया और इसका नाम 'नेशनल लायब्रेरी' कर दिया गया। आपकी नज़र एक़दम सही है कि ये मेज़ वगैरह 'सी. लेजरस कम्पनी, पेरिस ने' ख़ास महोगनी लकड़ी से बनायी है। महोगनी लकड़ी को कीड़े भी नहीं लगते और यह बहुत ही भारी भी होती है, पर ऋतु जी, यदि आप मेज़ पर ही अटक जायेंगी, तो पूरी लायब्रेरी देखकर आपका क्या हाल होगा?

आपने घुसते वक़्त सीढ़ियाँ और कोर्रिंथेनियन खम्भे तो देखे ही होंगे और आप यदि सेंट्रल हॉल में खड़ी होकर चारों ओर का नज़ारा देखेंगी तो गश ही खा जायेंगी और आपके प्रश्नों के ढेर इतने बड़े होंगे कि आपकी थीसिस उसी में खो जायेगी। इसलिए अब आप इस शोध को विराम दीजिए और जब जी आये गूगल पर इसका संक्षिप्त दृश्य देख लीजिए। आपको वह भी इतना नयनाभिराम लगेगा कि आप उसके सौन्दर्य में खो जायेंगी।

यह कहते हुए मि. चन्द्रा वापस ऋतु की मेज़ तक लौट आये। ऋतु जैसे बच्चे किसी जादूगर को अचरज भरी आँखों से देखते हैं, वैसी ही भंगिमा से लाइब्रेरी और मि. चन्द्रा को देर तक देखती रही।

जब श्रीवास्तव सर आये तब उन्होंने ऋतु के इस काण्ड के लिए उसकी ऐसी की-तैसी कर दी। आमतौर पर वे ऋतु की जिज्ञासु प्रवृत्ति की प्रशंसा करते रहते थे, पर जब उन्हें पता चला ऋतु ने आज का पूरा दिन नेशनल लाइब्रेरी की शोध में नष्ट कर दिया है, तो उन्होंने महादुखी स्वर में ऋतु से कहा, "ऋतु जी यदि आप इसी तरह भटकती रहीं तो आपकी इस थीसिस में आराम से दस-बारह साल और लग जायेंगे, कृपया मुझे साफ़-साफ़ बता दीजिए, आप चाहती क्या हैं? फ़ालतू बातों से मेरा और आपका समय नष्ट करना या कोई ठोस काम करना? वे इसी तरह के कई उपालम्भों से ऋतु को सज्जित करते रहे और ऋतु सिर झुकाये अँगूठे से ज़मीन कुरेदती रही। जब सर का गुस्सा कुछ शान्त हो गया तब ऋतु ने सिर झुकाये-झुकाये माफ़ी माँगी और कहा भविष्य में वह एक मिनट भी आलतू-फ़ालतू बातों में नहीं गँवायेगी।"

उसकी आँखों में तिरते पानी को देखकर दया के सागर बेचारे श्रीवास्तव सर 'मरूँ' 'मरू' हो गये और ऋतु के सिर पर हाथ रखकर कहने लगे, "ऋतु जी! आप मेरी विशेष स्नेह-पात्रा हैं, इसलिए आपकी कोई भी ग़फ़लत मुझसे बर्दाश्त नहीं होती है। आशा है, आप इसे अन्यथा नहीं लेंगी।"

श्रीवास्तव सर, के ये वचन सुनकर ऋतु इतनी शर्मिंदा हुई कि उसे लगा यदि धरती फट जाये तो वह उसमें समा जाये। उसने मन-ही-मन क़सम खायी की वह श्रीवास्तव सर की सारी हिदायतों का मन प्राण से पालन करेगी।

दूसरे दिन से ही ऋतु अपनी पुरानी दिनचर्या पर लौट आयी और वह उगते सूरज को तो देखती थी, पर डूबते सूरज की उसे कोई भी खोज-ख़बर नहीं रहती थी।

आख़िर वह ठहरी ज़िद्दी ऋतु, वह नोट्स-पर-नोट्स बनाती जाती थी और उन्हें देख-देखकर श्रीवास्तव सर, ख़ुश होते रहते थे।

'धर मँजला, धर कूचाँ' में यात्रा करते हुए ऋतु ने कब पन्ने-पर-पन्ने लिख मारे, इसका होश न तो ऋतु को था, न ही उसके सर को। दिन, सप्ताह, महीने नहीं, साल-दर-साल ऋतु जी का लिखना चलता रहा और श्रीवास्तव सर का उसे जाँच कर उसकी प्रशंसा में आकाश-पाताल एक करना, कितना समय हो गया था, इसका होश न तो गुरु को था, न ही उनकी चेली को।

भला हो ऋतु के ससुर का जो अत्यन्त मेधावी और हवा का रुख समझने में बेजोड़ थे। वे लगातार ऋतु पर ध्यान दे रहे थे। जो घर के बीचो-बीच रखी हुई खाने की बड़ी मेज़ पर पढ़ती थी। उनकी चौकस निगाहें ऋतु की सारी गतिविधियों पर नज़र रखती थीं। जब उन्होंने देखा कि थीसिस के पन्नों का पहाड़ बन गया है, तब उन्होंने बहुत ही विनम्रता और मीठे स्वर में श्रीवास्तव सर को पूछा कि "सर, ऋतु की यह थीसिस क्या मेरे जीते-जी पूरी हो जायेगी? कृपया अब विचार करके इसे विराम दे दीजिए।"

पू. बाबूजी की यह बात सुनते ही ऋतु बिजली की गति से उठी और उसने अपने प्रिय सेवक श्री सीताराम यादव से कहा कि वे ऊपर की आलमारी से वे सब काग़ज़ लेकर आयें, जो वर्षों से उस आलमारी में एहतियात से रखे जा रहे हैं, जिसका नाम ही है 'किताबों की आलमारी'।

पुस्तक-कीट श्रीवास्तव जी भी उनकी इस बात से सजग हो गये और उन्होंने ऋतु की थीसिस का यथाशीघ्र समापन करने की ठान ली।

आलमारी में 804 फुल स्केच पन्ने एक़दम सजे हुए रखे थे, जो किसी भी पी.एच.डी. के छात्र के मान से काफी अधिक थे। श्रीवास्तव सर के साथ मिलकर ऋतु ने कई घण्टों तक परिश्रम किया और उन 804 पन्नों में से एक़दम चुस्त लगभग 300 पन्ने छाँट लिये।

ऋतु पर सीताराम जी के अनगिनत उपकार हैं। कहा जा सकता है, जैसे माँ अपने सतमासिये बच्चे को पालती है, उसी भाव की पूजा करते हुए सीताराम जी ने ऋतु के सारे काम पूरे समर्पण से किये। उनका सर्मपण भाव समुद्र की तरह गहरा था। ऋतु जब पढ़ती थी, तब सीताराम जी ने स्वयं को भी शिक्षित किया, ताकि वे ऋतु की हर इच्छा पर खरे उतरें। स्वयं को शिक्षित करने के बाद उन्होंने केवल और केवल ऋतु के काम आने लायक सारी जिम्मेदारियाँ भी बिना कहे ही अपने सिर पर उठा लीं। पढ़ने-लिखने और सामाजिक कार्यों में पूर्णकालिक डूबे रहने के कारण कहा जा सकता है कि उन्होंने ऋतु के दोनों बेटों को भी न केवल पाला, बल्कि दोनों बच्चों को भी रामायण आदि की कहानियाँ भी उन्होंने ही राजगोपालाचारी की पुस्तक से पढ़-पढ़कर सुनायी थी। उन्होंने ही एम.ए. के सोलह पर्चों के नोट्स सँभाले और जब ऋतु ने लिखना शुरू किया, तब उन्होंने उसके शुरुआती ड्राफ्ट पढ़कर उनमें एकाध अच्छे सुधार भी सुझाये। ऋतु के लिखे को वे कितनी तन्मयता से पढ़ते थे। इसका एक सशक्त उदाहरण यह है कि जब ऋतु का मौलिक लेखन चल रहा था, कितनी ख़बर आयी कि कल ऋतु का 'वायवा' है।

"आप लोग अन्तिम दिन सूचना देते हैं।" कहती हुई 'वायवा' की अधिकांश लड़कियाँ ऑफ़िस में क्लर्क बगैरह से माथा लगा रही थी कि तभी ऋतु के तारनहार वायस चांसलर महोदय यह शोर सुनकर वहाँ आ निकले, उन्हें देखते ही ऋतु ने कहा, "सर, कौन से कमरे में वायवा देना है, यह पता नहीं चल रहा है।" "क्या आप 'वायवा' देने को प्रस्तुत हैं?" ऋतु की गर्दन ना में तो कभी हिलती नहीं थी, इसलिए उसकी हामी देखते ही वे बोले आप मेरे साथ आइए। एक बड़े कमरे में तीन प्रोफ़ेसर नुमा व्यक्ति बैठे, परीक्षार्थियों की राह देख रहे थे। उन्होंने तुरन्त ऋतु से प्रश्न पूछने शुरू कर दिये। ऋतु का तो मन था, वे कुछ अधिक प्रश्न पूछते पर उन तीनों को ही ऋतु के उत्तर अत्यधिक पसन्द आये थे, उन लोगों ने ऋतु को तुरन्त 'वायवा' में पास कर दिया। यह प्रश्न कि

'ऋतु अब करेगी क्या?' औरों को ही नहीं स्वयं ऋतु को भी परेशान कर रहा था कि सीताराम जी लालरंग की मोटी 'फ्लैट फाइल' लाकर ऋतु के हाथ में यह कहकर धर दी कि बहू जी, हम जानबूझकर आपको यह फाइल आपकी पढ़ाई के बीच में नहीं दिये थे। यह फाइल आपके मायके के पुराने काग़ज़ों में निकली थी।

ऋतु ने उसे उलट-पुलट कर देखा और यह देखकर हैरान रह गयी कि यह वही फाइल है जिसे ढूँढ़ते हुए वह साठ वर्ष पहले मल्लिक राजबाड़ी के बग़ल वाली मारवाड़ी राजबाड़ी में गयी थी और बुआ और काका ने उसे साफ़ मना करते हुए काफ़ी डाँट पिलायी थी। इतिहास को वर्तमान में उपस्थित देखकर ऋतु मुस्कुराई और बोली यही सही समय था, इस फाईल के मिलने का; कहते हुए उसने फाईल को अपने सिर से छुआया और उसे एक ओर रख दिया।

प्रभावती देवी न कहानी पढ़कर कहा, "बहू जी, यह आपने क्या किया, इतने सुन्दर प्लॉट पर तो आपको उपन्यास लिखना चाहिए था। इस पर ऋतु ने तमतमा कर उत्तर दिया, "भैया लगता है आपका माथा सूज गया है? भाई, मैंने दो-चार कहानियाँ क्या लिख दी, आप सबको लगने लगा है कि मुझे तो लिखने में महारत ही हासिल हो गयी है और अब मुझे उपन्यास लिखना चाहिए। बाद में जब दिल्ली से कमल किशोर गोयनका ने भी यही लिखा, तब ऋतु को झक मार कर 'प्रभावती देवी' को उपन्यास का चोला पहनाना ही पड़ा। आश्चर्यजनक ढंग से इस उपन्यास ने बहुत ख्याति प्राप्त की और ढेरों पुरस्कार प्राप्त किये। इसके बाद तो ऋतु को उपन्यास लेखन का चस्का लग गया और उसने कई उपन्यास भिन्न-भिन्न भावभूमि के लिख लिये, मसलन हरियाणा की मिट्टी से गढ़ी हुई आभिजात्य परिवेश में रची-बसी और वहीं के आभिजात्य परिवेश में पली बढ़ी 'फूलाँ बाई' है तो राजस्थान के बीहड़ स्थानों के रहवासी बंजारों की गाथा कहती 'दाखी देवी' है। इनकी बोली पहरा आदि में आदमकालीन संस्कृति के अवशेष साफ़ नज़र आते हैं] लेकिन इनमें से एक उपन्यास

एक़दम आधुनिक तर्ज का 'लाल बत्ती की अमृत कन्याएँ' है, जिसमें वेश्याओं के प्रमुख इलाक़े सोनागाछी में शारीरिक व्यापार करने को बाध्य लड़कियों की व्यथा-कथा है। इस तरह कुल मिलाकर सत्रह-अट्ठारह किताबें, जिनमें यात्रा वृत्तांत, आत्मकथा, कोश, कहानी संग्रह आदि सभी कुछ ऋतु जी ने लिख ली थी। आश्चर्यजनक ढंग से ये सभी रचनाएँ अनुभूत सत्य का खम्भा पकड़ कर लिखी गयी हैं और ये सभी नारी शक्ति की पक्षधर हैं।

ऋतु को कोई भी काम अनिर्णीत रखना बिल्कुल नहीं सुहाता था। इसलिए जब उसने नये काम के लिए अपना आकाश टटोला, तब उसकी स्मृति में वह मोटी लाल फाइल चमकी जो सीताराम जी ने इम्तिहान होने के बाद उसे दिखाई थी। जैसे ही ऋतु की स्मृति में वह लाल फाइल कौंधी, उसकी कौंध से ही वह छटपटिया देवी उठी और लगी लगातार आवाज़ देने ''सीताराम भैया, सीताराम भैया'' बेचारे सीताराम जी घबराकर हाथ का काम जैसा-का-तैसा छोड़कर दौड़ते हुए आये और पूछने लगे, ''क्या हुआ बहू जी जो आप इस तरह ताबड़तोड़ पुकार रही हैं। लगता है कुछ अनहोनी घट गयी है?''

सीताराम जी की यह बात सुनकर ऋतु को हल्की शर्मिन्दगी महसूस हुई और उसने सकुचाते हुए कहा, ''भैया आप तो जानते ही हैं कि किसी बात को सलटाने के लिए मेरे कैसे 'ताला-मेली' लग जाती है। आप मेरी परीक्षा के बाद किसी लाल फाइल का ज़िक्र कर रहे थे, जो मारवाड़ी राजबाड़ी की आलमारी से मिली थी। सोचती हूँ, जब बाबू जी ने उसे इतनी एहतियात से रख रखा था, तो उसमें अवश्य ही कोई ज़रूरी काग़ज़ात। सोचा कि अभी मेरे पास समय है, इसलिए आप इतना भर बता दीजिए कि वह फाइल कहाँ रखी है। मैं ले आऊँगी?'' सीताराम भैया तो ठहरे सीताराम भैया! जो न केवल ऋतु की रग-रग से वाक़िफ़ थे, बल्कि उसके मन से गुज़रते मनोभावों का पता भी

रखते थे। उन्होंने अलादीन के चिराग के ज़िन्न की तरह पलक झपकते ही वह फाइल हाज़िर कर दी। ऋतु ने अचरज से आँखें फाड़कर उस फाइल को देखा और बरबस बोल पड़ी, "भैया, क्या आप कोई ज़िन्न हैं या साक्षात् भगवान जो आप इस तरह बिना कहे ही मेरे मन की बात समझ लेते हैं। सीताराम जी का मन तो था कि कहते, "बहू जी मैंने तन-मन-धन से एकनिष्ठ भक्त की तरह आपको ही ध्याया है, तो इस तपस्या का इतना फल तो मुझे मिलना ही था।" पर उन्होंने बाहर से इतना ही कहा कि "बहू जी, आपने भी तो मेरी 'रखपत' रखी है।"

ऋतु ने जब पहली फाइल खोली केदारनाथ जी के तौर-तरीक़े और सलीका देखकर वह आश्चर्यचकित रह गयी। मोती जैसे हुरुफ़ बिना किसी काटा-पीटी के उस पन्ने पर ऐसे सजे हुए थे गोया वह 'अबुलफ़ज़ल का अक़बरनामा' हो, जिसके 'ख़तो' की प्रसिद्धि पाँच सौ सालों में भी फ़ीकी नहीं पड़ी थी और आज भी अजायबघर में काँच से घिरे उस ग्रन्थ को देखने मात्र के लिए पूरे विश्व के लोग आते थे।

उस फ़ाइल में सबसे ऊपर एक चौकोर काग़ज़ लगा हुआ था, जिसमें सारी फ़ाइलों की विगत लिखी हुई थी। केदारनाथ जी के ये तौर-तरीक़े किस पर हुए? वे ऐसे कैसे गढ़े गये? इन बातों से अनजान ऋतु ने अपनी स्मृति पर बहुत ज़ोर डाला तो उसके स्मृति पटल पर एक धुँधली-सी छवि केदारनाथ जी की उभरी, जिसमें वे कान्ता जी के एक प्रश्न के उत्तर में बता रहे थे कि कैसे दो माँओं की खींचतान के बीच वे पिसते रहते। यदि वे गोद वाली माँ से कुछ ले लेते तो जाई हुई माँ उसे फिकवा देतीं। इस प्रकार वे एक अनाथ की तरह हो गये थे और अपनी छोटी-सी उम्र से ही वे सारे काम ख़ुद ही करते थे। होने को तो क़िले जैसी हवेली में दुनिया भर के नौकर-चाकर थे, पर सिर पर यदि किसी संरक्षक का हाथ नहीं हो तो वह बच्चा भरे-पूरे परिवार में भी अनाथ ही रहता है। लेकिन कभी-कभार ऐसा भी होता है, कष्टों और असुविधाओं में गढ़ा होने के कारण कोई आदमी अपने आप दृढ़ संकल्प वाला बने और पूरी

दुनिया में अपनी शर्तों पर जीना सीख ले, तो बस केदारनाथ जी भी ऐसे ही बन गये। इंजीनियर, बिजली मिस्त्री, रसोइया अर्थात् गृहस्थी के छोटे-मोटे काम से लेकर वे साहित्य मर्मज्ञ भी हो गये। एम.ए. में आने के बाद भी ऋतु संस्कृत, उर्दू और हिन्दी साहित्य में यदि कहीं भी अटकती तो वह केदारनाथ जी के पास जाकर खड़ी हो जाती थी और वे सारे सटीक जवाब दे दिया करते थे।

दरअसल यह मात्र उनकी अप्रतिम प्रतिभा के कारण नहीं, बल्कि उनकी लगन और निष्ठा की वजह से भी सम्भव हो सका था, जिसमें उन्होंने ऐसा कीर्तिमान स्थापित किया था, जो अविश्वसनीय था। वे सुबह चार बजे से रात के ग्यारह बजे तक अहर्निश कोई-न-कोई काम करते रहते थे। वे छोटे-से-छोटे काम को भी पूरे मनोयोग से ऐसे करते थे। मानो वे वेद-पुराण का पाठकर रहे हों या उपनिषद पर किसी भाषण की तैयारी कर रहे हों। इतना ही नहीं, वे शास्त्रीय संगीत में भी पारंगत थे और उसमें नियमानुसार रियाज़ किया करते थे।

ऋतु ने सोचा कि जब इतने ज्ञानी-गुणी आदमी ने ये नोट्स बनाए हैं, तो उसमें अवश्य ही ऋतु से सम्बन्धित काग़ज़-पत्तर भी होंगे। ऋतु ने बहुत एहतियात से फाइल नम्बर एक को खोला, तो यह देखकर दंग रह गयी कि उन तीन मारवाड़ी रांजबाड़ियों में से पहली वाली कोठी, जिसमें ऋतु के माता-पिता सपरिवार रहते थे, उसका विस्तृत वर्णन था और उसमें साफ़-साफ़ लिखा हुआ था कि वह कोठी केदारनाथ जी को मिले और बाद वाली दोनों कोठियाँ क्रमशः बड़ी बुआ और छोटे काकू के हिस्से में रहेंगी। बाकी दो कोठियों की क़ीमत कुछ कम होने के कारण काकू और बुआ को बाज़ार की दोनों दुकानें भी मिलेंगी। शायद वह बँटवारा इस बात के मद्देनजर किया गया था कि एक तो केदारनाथ जी कुछ ज़्यादा नफ़ीस थे और दूसरे, उनका परिवार भी ज़्यादा बड़ा था। उनका सारा परिवार अपनी सामर्थ्य के अनुसार उसमें बँटकर रहता था, लेकिन केदारनाथ जी की ठसक के सामने छोटी बुआ का रहन-सहन कुछ फ़ीका पड़ता

था। इसलिए बिना बात के वे सबसे लड़ती रहती थीं। इतना ही नहीं, वे हर वक़्त किसी-न-किसी बहाने आपस में लड़ते रहते थे। दरअसल बुआ और काकू की पत्नी उन लोगों से जलते थे, इसलिए उन दोनों के बीच हर छोटी-छोटी बात पर झगड़ा होता रहता था। केदारनाथ जी का परिवार ऊपर से नीचे तक तमीज़ से संचालित था। वे लोग कभी भी मर्यादा का उल्लंघन नहीं करते थे।

अचरज की बात थी कि घूम-फिर कर वह सारी जायदाद ऋतु के पास आ गयी थी। जो चीज़ें काकू ने औने-पौने में गिरवी रख दी थीं, उन्हें केदारनाथ जी ने छुड़वा लिया था। ऋतु जब वह फ़ाइल लेकर मारवाड़ी राजबाड़ी पहुँची तो वहाँ के मकानात को देखकर दंग रह गयी। वह अपने पारिवारिक वक़ील साहब को साथ ले गयी थी। वे केदारनाथ जी के समय से ही उस परिवार का सारा काम देखते थे। उन्होंने आनन-फ़ानन में ही एक-एक कर उन काग़ज़ों में से काम के काग़ज़ छाँट कर ऋतु को पकड़ा दिये। ऋतु ने जब उन काग़ज़ों को पढ़ा तो उसके आश्चर्य का ठिकाना नहीं रहा। वे काग़ज़ उन तीनों कोठियों के मालिकाना हक़ के थे। देवी लक्ष्मी की इस अनायास कृपा वर्षा से ऋतु हक्की-बक्की रह गयी। फिर उसे याद आया कि माँ और बाबू जी ने उसमें दान करने के संस्कार दिये हैं, जो कि वे उसमें गहराई से खूब हुए हैं। इसलिए उसने आव देखा न ताव और 'सुरुचि' संस्था जो कि अकिंचन और निराश्रित महिलाओं को आश्रय देकर स्वावलम्बी बना देती है और वे महिलाएँ नानाविधि से अपना जीवन-यापन करना सीख लेती हैं और इतनी आत्मनिर्भर हो जाती हैं कि दूसरों की सहायता कर सकें, ऋतु ने उसी की तर्ज़ पर वहाँ उनके लिए लम्बे-चौड़े रहवास का इन्तज़ाम कर दिया।

सारा काम एक़दम पुख्ता ढंग से करने के बाद ऋतु ने इतनी बड़ी जायदाद को लावारिस न छोड़कर उसका एक ट्रस्ट बना दिया, ताकि आने वाले समय में वह इतना सक्षम रहे कि अपना सारा ख़र्च ख़ुद सम्हाल ले और इसके ट्रस्टी इसकी पूरी सम्हाल भी रख लें।

यह सारा जाँचा-जँचाने के बाद अपनी उम्र के मद्देनज़र उसने अपने भविष्य की योजना बनाने का विचार किया। उसने सर्वप्रथम डी.एल. ख़ान रोड में स्थित गणदर्पण में अपने देहदान के कार्ड और काग़ज़ एक जगह एकत्रित कर लिये। जब वह यह सारी तैयारी कर रही थी तब उसकी मुँह बोली बेटी अमृता उदास हो गयी।

उसका उतरा हुआ चेहरा देखकर ऋतु ने उसे ख़ुद से चिपकाया और प्यार से उसके सिर, माथे और पीठ पर हाथ फेर कर उसे सान्त्वना देते हुए कहा, ''बेटा, तुम्हें तो ख़ुश होना चाहिए कि तुम्हारी माँ की इतनी बढ़िया मानसिक तैयारी है। अमृता सच मानो, मुझे तो ऐसा बोध हो रहा है जैसे मैं एक़दम हल्की हो गयी हूँ। अमृता, जब मैं पड़ोसन ताई जी के साथ गंगा स्नान करके तिलक छाप लगवाकर आती थी, तो माँ हँसकर कहती थीं, जब ऋतु को लेने विमान आयेंगे तो हम लोग उसके चारों तरफ़ लटक जायेंगे। ऋतु की माँ ने तो ख़ैर ऐसा ही अपरिग्रही जीवन जी लिया था। अब बारी ऋतु की थी। तैयारी तो ऋतु की भी पूरी थी, पर भविष्य के गर्भ में क्या छिपा है यह कौन जानता है....!''

पूर्व दिशा में प्रभास की लाली छाकर उषा के आगमन की प्रतीक्षा कर रही थी कि सूर्य नरमाई से उठा और आकाश के बीचोबीच आ गया। उसका आना किसी से छिपा थोड़े ही रहता, इसलिए देखते-ही-देखते उसने पूरे आकाश को अपने प्रकाश से भर दिया। उसके साथ ही पक्षियों की पाँतों ने अंग्रेज़ी में विजय शब्द का डिजाइन बनाते हुए आकाश के राजा सूर्य को प्रणाम किया। प्रकृति के इतने सकारात्मक क्रियाकलापों को देखकर ऋतु का मन भी ख़ूब प्रफुल्लित हो गया। वह सोचने लगी, मैं कितनी लालची हूँ, जो जीवन तो जीवन, अपनी मृत्यु की भव्यता तक का हिसाब कर रही हूँ। मैं बात तो करती हूँ कि जीवन एक नदी है, फिर मैं इस नदी को बाधारहित बहने क्यों नहीं देती? अचानक ऋतु को ध्यान आया कि वह अपनी कल्पना की उड़ानों में

आज फिर आकाश-पाताल एक कर रही है और इस उड़ान का भी वही हश्र होगा कि चारों ओर से बुज़ुर्गों की डाँट पड़ेगी, जैसी लायब्रेरी में रिसर्च के शुरुआती दिनों में पड़ी थी।

उसने निष्कर्ष निकाला कि जब जीवन की सारी बीहड़ताओं को ऋतु ने जैसे अननभाव में बिना ध्यान दिये आराम से हँसते-खिलखिलाते जी लिया है, तो अब उसे क्या हुआ जो उसमें इतना हार भाव आ गया है?

बारिश के बाद जैसे पक्षी अपने परों को फड़फड़ाकर सुखाते हैं, वैसे ही ऋतु ने अँगड़ाई लेकर अपने हाथ पैर तोड़े, मरोड़े और तनकर खड़ी हो गयी। शायद भगवान उस पर कुछ अतिरिक्त मेहरबान थे, जो उसके खड़े होने के साथ ही, छोटे-छोटे नाना रंग के फूल-पत्तों का एक झोंका आया और उस पर सिर से पैर तक बौछार कर वासन्ती रंग में रँग गया। प्रभु की इस कृपा से ऋतु गद्गद होकर सिहर गयी। उसने आकाश की ओर दोनों हाथ जोड़कर उस परमपिता की अभ्यर्थना की ही थी कि तभी मुचि-मुचड़ाई काग़ज़ की छोटी-सी एक पर्ची हवा के झोंके के साथ ही गोल-गोल घूमते हुए आकर ऋतु की दोनों जुड़ी हुई हथेलियों के नमस्कार पर बैठ गयी। ऋतु को थोड़ी 'झाल' भी आयी कि यह इतनी विशाल और महँगी जगह है, पर यहाँ के बाशिन्दे इस स्थल की पवित्रता और सफ़ाई का ध्यान नहीं रखते हैं।

ऋतु ने झुँझलाते हुए उस पर्ची को उठाकर उसकी सिलवटें निकालीं और जब उस मुचे-मुचड़ाये काग़ज़ को पढ़ा तो उसकी आँखें उसमें लिखे वैभव के वर्णन से चुँधिया गयीं। वह पर्ची क्या थी, 'खुल जा सिम-सिम' की तरह कारूँ के ख़जाने की कुंजी थी। उसमें साफ़-साफ़ अक्षरों में लिखा था कि मल्लिक राजबाड़ी की चौतरफ़ा चहारदीवारी पर ऋतु का मालिकाना हक़ होगा जो कि अपने आप में कोई छोटी-मोटी चीज़ नहीं थी। हाँ, ऋतु के बचपन में बड़े-बड़े टोकनों को ठोकर मारती बुआ की हिक़ारत ने बड़े होने के बाद भी ऋतु को उसकी क़ीमत नहीं समझने दी थी, पर जायदाद के वकीलों और दलालों को वह ज़मीन लाखों में नज़र

आयी थी। ऋतु राजबाड़ी का बड़ा हिस्सा दान कर चुकी थी, इसलिए उसने सोचा कि इन सबका हिसाब लगाकर उसे यह जायदाद भी दानकर देनी चाहिए। त्वरित गति से निर्णय और काम दोनों को अंजाम देने में माहिर ऋतु ने देखते-देखते मारवाड़ी राजबाड़ी की चौतरफ़ा ज़मीन भी उसी ट्रस्ट में मिलाकर दान कर दी।

इन कामों से मुक्त होते-होते साँझ ढल आयी थी कि तभी एक निर्मल विनोद का बानक बना।

ऋतु बचपन से ही अच्छी क़द-काठी और ईरानी नाक-नक़्श की मालकिन थी, इसलिए छोटी उम्र से ही लड़कों ने उसके चारों ओर चक्कर काटने शुरू कर दिये थे। हालाँकि लापरवाह ऋतु ने कभी इन बातों पर ध्यान नहीं दिया, पर यदि सात-आठ वर्ष की उम्र में ही उसकी क्लास के लड़के उस पर छोटी-छोटी कविताएँ लिख-लिखकर मरते रहे, तो वह क्या करती? यह सब सोचते-सोचते ही उसके दिमाग़ को ढेरों तुकान्त कविताओं ने घेर लिया।

और तभी लाल स्याही में लिखा टूटे-फूटे हुरुफ़ों वाला एक पत्र हाथ लगा– 'लिखता हूँ ख़त ख़ून से, स्याही न समझना, मरता हूँ तेरी याद में ज़िन्दा न समझना।' यह पढ़कर आज की उम्र दराज़ ऋतु भी अपने चेहरे को गुलाबी रंग में रँगने से नहीं रोक पायी, क्योंकि यह सन्तोष नाम के लड़के की लिखी कोई साधारण कविता नहीं थी, बल्कि स्मृतियों का बड़ा ढेर थी। उसके साथ ही उसे याद हो आयी–बाला, परकास, चन्दर प्रेम पगी छोटी-छोटी कविताएँ भी। उस दो चौक के पाँच तलिया मकान में आदि में एक दर्ज़न किशोर भरे थे, वे चकोरों की तरह टकटकी बाँध कर ऋतु नामक चन्द्रमा की प्रतीक्षा में रहते थे। लगता है, उस लम्बी पंजाबी क़द-काठी की ऋतु की प्रतीक्षा में वहाँ के मकान की कॉर्निशों पर बड़ी संख्या में कबूतर भी बैठे रहते थे, वे भी ऋतु के उठने की राह देखा करते थे।

सम्पूर्ण चन्द्र की कान्ति को निहारते-निहारते न जाने कब ऋतु की आँखें धीरे-धीरे मुँद गयी और–"धीर समीरे जमुना तीरे, बसति बने

वनमाली'' पंक्तियाँ उसके हृदय और मस्तिष्क से होती हुईं उसकी आँखों में आ समायीं। शरद पूर्णिमा की रात के सन्नाटे में यदि एक 'आर्ट-स्टूडेंट' को गीत गोविन्द की रास के ये साक्षात् बिम्ब अपनी पूरी भव्यता के साथ सादे संगीत के वाद्यों और घुँघरुओं की झंकार के साथ धीरे-धीरे अपनी ख़ुमारी के आगोश में न सुला दें, तो धिक्कार है। धिक्कार ऐसे रसहीन होते जयदेव के गीत गोविन्द और केलूचरण महापात्र के मनमोहक नृत्य को। तभी तो सबने मिलकर नींद के मल्हारों में झूलती ऋतु को न जाने कब उसकी बाँह मोड़कर उस पर उसकी गरदन टिका दी और न जाने ऋतु कितनी देर तक अपनी बाँह पर सिर रखे सोती रही और सुबह की मन्द-मन्द बयार में उसने 'ऊँ-आँ' करके वापस गरदन को नयी मुद्रा में करवट लेने के लिए मना लिया। 'एलिस इन द वंडर लैंड' और कालिदास के शकुन पक्षियों की तरह कबूतरों से घिरी हुई ऋतु जब उठी तब सूर्य का ताप और किरणें उसकी पतली पलक को पार कर उसे उठा चुकी थीं। उसने अपनी जीभ को पूरे मुँह में फिरा कर देखा पर उसे नाश्ते के कॉर्नफ्लेक्स में ज़रा भी ज़ायका नहीं आया। हाँ, इन हरक़तों ने उसे यह ज़रूर समझा दिया कि वह जिसे सुबह का सूरज समझ रही थी। दरअसल वह सारा नज़ारा शाम का था। शाम के झुटपुटे को अनायास ही सुबह का उगता सूर्य समझकर उन सारे क्रिया कलापों को 'एकाएक' कर देना ऋतु जैसी सौन्दर्य की उपासिका के साथ क्यों घटा, यह समझने में वह स्वयं भी असमर्थ थी। उसे लगा ही न हो यह ऊपर वाले की आँख-मिचौली खेलने की नयी भंगिमा है। ऋतु मन के झूले में झूलती अभी भी सुबह-शाम के बीच हिचकोले खा रही थी। फिर उसने अपनी ख़ुमारी को झड़काया और नहा-धोकर काम करने के लिए तैयार हो गयी। तभी वकील साहब ढेरों काग़ज़ों से लदे-फदे ऋतु की हाज़िरी में आकर खड़े हो गये।

ऋतु ने खड़े होकर उनका अभिवादन किया और एक सेकेंड भी नष्ट किये बिना ज़मीन-जायदाद के काग़ज़ अच्छी तरह पढ़ लिये। प्रभु कृपा से ऋतु की कैमरा छाप स्मृति अभी भी क्षीण नहीं हुई थी, इसलिए उसने सारा काम आनन-फानन में पूरा कर लिया।

इसी बीच निर्मल आनन्द से भरी एक घटना घटी। ऋतु की माँ कान्ता देवी ठेठ हरियाणवी थीं और लल्लो-चप्पो या चाशनी में लपेटकर कोई भी बात नहीं कहती थीं, बल्कि ऋतु के बाबू जी तो यहाँ तक कहते थे कि तुम्हारी माँ बहुत ही 'लट्ठमार' तरीक़े से बातचीत करती है।

घटना यों घटी-ऋतु की माँ ने अपनी सारी ज़मीन-जायदाद अपनी बेटी के नाम कर दी थी और उस वसीयत के 'एक्ज़िक्यूटर' बनाया, ऋतु के पति, जो कि बहुत ही संकोची और नफ़ीस व्यक्ति थे। उन्हें जब इस बात का पता चला, तब उन्होंने उस वसीयत को झटक कर कहा, "माँ थे या भोत बड़ी ग़लती कर रह्या हो। थारी इतनी हेलियाँ और कटरा है, पर थे थार्या बेटा नै एक कोटड़ी तक कोनी दी?"

उनका इतना कहना भर था कि ऋतु की माँ आकर ऋतु के पति के बग़ल में बैठ गयी और कहन लगीं, "कँवर जी, मैं तो थानै बुद्धिमान समझै थी। अच्छा जरा मनै बताओ कि जो बेटा मेरी जीती कै जीवन सै 'आउट' हो ग्या, वै मेरी मरेड़ी के जीवन में कठै सै आ ग्या।" बेचारे ऋतु के पति तो लगे बग़ले झाँकने और बस एक ही बात दोहराते रहे कि "ओहो! मेरी जीती कै से जीवन से 'आउट' हो ग्या तो मरेड़ी के जीवन में कठै सै आ ग्या।"

डंके की चोट पर बात करने वाली माँ की भंगिमा से ऋतु ने बहुत कुछ सीखा और उसने भी निर्णय किया कि वह चटपट वसीयत और ट्रस्ट बना देगी। उसने उसी रौ में वकील साहब से कहा भी, "सर, आपको जँचे तो ट्रस्ट, वसीयत आदि भी अभी ही बनाकर काम ख़त्म कर दें।" इस पर वकील साहब का तुरन्त उत्तर था, "ऋतु जी, आपकी गति तो संसार की प्रत्येक गतिशील वस्तु से तेज़ है पर मैं ठहरा उम्रदराज़ प्रौढ़, मैं आज इस काम के साथ न्याय नहीं कर पाऊँगा, इसलिए इस काम को शान्ति से करने के लिए मुझे एकाध दिन का समय दे दीजिए।"

ऋतु ने आज्ञाकारी शिष्या की तरह कहा, "सर, आप जैसा कहें, मेरी तो आदत ही हर काम को त्वरित गति से करने की है, पर आपका कहना सही है, हम इस काम को एकाध दिन में कर लेंगे।"

एक-दूसरे को नमस्ते अभिवादन करते हुए इस बैठक का समापन हो गया।

धीर गम्भीर शीलवान का रूप धरे ऋतु ने बहुत ही शान्ति से ये सारे रूप विचारे, पर भीतर-ही-भीतर उस चटपटिया देवी को यह हड़बड़ी भी मची हुई थी कि कैसे आगे का काम बढ़े और यह सारा जंजाल ख़त्म हो। यह सर्वविदित है कि इस लम्बे-चौड़े कार्य-व्यापार को मिनटों में सलटाया नहीं जा सकता था, पर यह बात तूफ़ान मेल ऋतु की समझ से बाहर थी।

वह तो सुबह-सकारे ही नहा-धोकर बाहर आकर बैठ गयी, गोया अभी आसमान से कोई लम्बा-चौड़ा विमान उतरेगा और ऋतु को आशीर्वाद देकर उसके हाथों में वे सारे काग़ज़ात रख देगा, जिनको यथाशीघ्र ठिकाने लगाने को ऋतु परीलोक में उड़ रही थी कि उसे माँ के 'हेले' की आवाज़ सुनायी दी। "बेटा ऋतु, अनिल, बेटा विजय, बेटा कमल बच्चों तुम सब तुरन्त नीचे आओ, अपने लोगों को तुरन्त नानी बाड़ी चलना है। बेटा सब ज़रा जल्दी करो घर में इतना बड़ा आयोजन है और यदि हम ही देर से पहुँचेंगे तो सबको कितना बुरा लगेगा।" दरअसल, कान्तादेवी को ख़ुद के भी देर से तैयार होने की शर्म आ रही थी। वैसे यह गनीमत थी कि नानी-बाड़ी और हमारा घर एक-दूसरे से एक़दम सटे हुए थे, पर देर-तो-देर ही होती है।

दरअसल, आज ऋतु के नाना जी की तेरहवीं और सुख शय्या थी और चूँकि वे लगभग बानवे वर्ष की बड़ी उम्र में ढेरों सुख-समृद्धि से भरे हुए गये थे, इसलिए उनका सारा ताम-झाम भी ज़ोरों का था।

कान्तादेवी, ऋतु, विजय, कमल आदि सन्तानों और फल-फूल, मिठाई आदि से लदी-फँदी नानी-बाड़ी पहुँचते ही पूरे रौब से वहाँ के कामों से ऐसी एकाकार हो गयीं जैसे वे ही वहाँ की अधिष्ठात्री देवी हों। ऋतु की मामी जी अर्थात् कान्तादेवी की भाभी वैसे भी उनसे रौब और उम्र में हल्की पड़ती थीं। इसलिए वहाँ चारों ओर कान्तादेवी की ही आवाज़ गूँज रही थी।

छोटे मामा पुरुषोत्तम दान लेने वाले इस पण्डित से ख़ूब नाराज़ थे। उनका मानना था कि इस 'गँजेड़ी-भँगेड़ी, नशेड़ी ब्राह्मण को इतने चाँदी

के बर्तन, इतने सोने के ज़ेवर, इतनी बढ़िया रज़ाइयाँ महज़ यह कहकर कि वे सब कुछ 'मंगतराय नाना जी' को मिलेंगी, देना पाप है, पर कान्तादेवी बड़ी थीं और किसी का भी सुझाव नहीं मानती थीं। पुरुषोत्तम मामाजी मुँह फुलाये एक कोने में बैठे अपनी चुप्पी से अपनी नाराज़गी का इज़हार कर रहे थे।

तभी हवा में ज़ोरों से गूँजा, "ऐ पुरुषोत्तम, ऐ! विजय, ऐ देवकी, ऐ कमल आओ सब के सब इस पलंग ने उठाओ।" मारवाड़ियों में दानकर्ता ब्राह्मण देवता को पलंग पर बैठाकर झूला झुलाता हैं, ताकि वह सारी सुविधाओं के साथ सीधा स्वर्ग पहुँच जाये। 'पावहाड़िया' का वह कंकाल-सा ब्राह्मण जो नशा कर-कर के और भी सूख गया था, आराम से चढ़कर बैठ गया। पलंग के ऊपर मोटे-मोटे गद्दों और रेशमी रज़ाइयों के बीच उसका अस्तित्व न के बराबर था, पर वह था कि राजा की तरह इठला रहा था। दोनों हाथों की कोहनियों के बल बैठकर अपनी बत्तीसी निकाले हुए वह चारों ओर का नज़ारा देख रहा था, इसलिए वह कभी बायें तो कभी दायें झुक जाता था। गोया वह किसी हवेली की ऊँची मुंडेर से जग का मुजरा कर रहा हो। बड़े लड़के तो मामा जी के पीछे-पीछे उसको देख-देखकर मुँह बिचका रहे थे पर ऋतु की उम्र के बच्चों में ख़राब-अच्छे का कोई संज्ञान तो था नहीं इसलिए वे आपस में ही-ही कर रहे थे। आकाश फटने की तरह जैसे ही कान्तादेवी के 'हेले', ऐ पुरुषोत्तम, ऐ विजय, ऐ देवकी गूँजा वैसे ही उन कसरती जवानों ने हड़क कर पलंग को ख़ूब ऊँचा उठा दिया। अब क्या था! बेचारे ब्राह्मण देवता तो बेमौत ही मारे गये। अब तक ब्राह्मण जी की चमचमाती बत्तीसी अन्दर घुस गयी थी और वे जूड़ी के बुखार में 'धुजते' मरीज़ की तरह धूज रहे थे। मारे डर की उनकी आँखें उनके मरियल से चेहरे से बाहर निकली पड़ रही थीं और वे बिना बात ही हाथ जोड़े माफ़ी की मुद्रा में घिघियाते नज़र आ रहे थे। उनके चेहरे की भंगिमा से कान्तादेवी का हृदय द्रवित हो रहा था, पर वे चारों जवान तो अपनी मस्ती में सुनी को अनसुनी करते हुए उसी जोशो-ख़रोश से ब्राह्मण देवता को आकाश की सैर करा रहे थे। मन तो आख़िर ठहरा मन,

वह कब अपनी तरंग में बह जाये, इसका किसी को कोई अन्दाज़ नहीं होता। अचानक उन जवानों ने पलंग को बाईं ओर से एक़दम ऊपर की ओर उठा दिया या शायद मन की लहर से ऐसा हो गया। पलंग के अचानक ऊपर की ओर उठने से ऐसा प्रतीत हो रहा था जैसे वह पलंग व्यक्तिविहीन हो गया है और इस क्षण के 'स्लोमोशन' में वहाँ एक गम्भीर सन्नाटा छा गया। जब तक इन सबमें हरकत लौटती, तब तक तो माँ कान्तादेवी की आवाज़ गरजी, "बिजैऽऽ धर पलंग नै नीचे" अब माँ की बात विजय भैया न सुने यह तो असम्भव ही था, साथ ही पुरुषोत्तम मामा जी भी उस गर्जन से सकते में आ गये थे और सब मिला जुलाकर अब स्थिति ऐसी बनी कि वह पलंग उन लोगों के हाथ से छूट गया और हलका गर्जन करता हुआ धड़ाम से ज़मीन पर आ गिरा। कान्तादेवी का वश चलता तो वे सबको ज़ोरों से थप्पड़ लगातीं, पर इतने बड़े और पढ़े-लिखे लड़कों पर हाथ उठाने में उन्हें संकोच हुआ, इसलिए उन्होंने अपने गुस्से का इज़हार ज़ोरों से गर्दन झटक कर किया। यों भी उन अकेले का तो कोई दोष था भी नहीं। दरअसल सारी परिस्थितियों ने मिला जुलाकर अपनी-अपनी भूमिका के अनुसार काम किया था। खड़-खड़ऽऽ खटांग करके पलंग के नीचे आते ही सारे जवान लड़के गरदन लटका कर उस पलंग को घेर कर खड़े हो गये, केवल पुरुषोत्तम मामा जी निरासक्त से छिटके हुए थोड़ी दूरी पर बैठे थे। हालाँकि उन जवानों के होंठों के किनारे से भी 'फूक्ड' 'फूँ' करके रोकी हुई हँसी फूट रही थी, पर कान्तादेवी के डर से बाहर नहीं आ रही थी। अंग्रेज़ी में जिसे कहते हैं 'अर्जेन्ट कॉल' हँसी की वैसी ही कॉल, इतनी ज़बरदस्त थी कि सबके भींचे मुँहों पर भी उन सबकी हँसी एक साथ ज़ोरों से फूट पड़ी। कान्ता देवी ने अपनी बड़ी-बड़ी आँखें, जिन पर 'डबल पावर' का चश्मा लगा हुआ था, जब उन सबकी ओर घुमाई तो वे सारे सॉरी... सॉरी करते वहाँ से ऐसे ग़ायब हुए जैसे गधे के सिर से सींग।

पूरे परिवार के साथ ऋतु, कान्तादेवी और बाक़ी के लोग नानीबाड़ी से लौट आये।

तभी अचानक एक नयी बात घटी। कान्ता जी ने एक चिट्ठी, जो कि उनकी माँ प्रभावती देवी की लिखी हुई थी, निकाली और उसे ऋतु की ओर बढ़ा दिया। उस पर लिखा था, "कान्ता की बेटी को मिले, जब वह ख़ुद इसे पढ़ने लायक हो जाये।"

ऋतु ने वह मोटा लिफ़ाफ़ा लपक कर ले लिया।

वैसे भी नानी प्रभावती से ऋतु के गुण मिलते थे। बचपन से ही वह प्रभावती देवी की लाड़ली थी, ऊपर से उसकी प्रतिभा और अप्रतिम सुन्दरता की भी वे दीवानी थी। ऋतु प्रभावती देवी के इतने सिर चढ़ी थी कि वे जब कभी भारत से बाहर भी गयीं अपने साथ ऋतु को लाद कर ले गयीं। अचरज की बात है कि उस छुटकी के साथ जाने से प्रभावती देवी को अपना अकेलापन भरा हुआ पूरापन लगता था।

अब ऐसे इतिहास वाली नानी की मोटी चिट्ठी देखकर ऋतु को आनन्दित तो होना ही था।

विस्मयकारी है, यह जानना कि वे एक-दूसरे से इतनी घुली-मिली सहेलियाँ थीं कि जुड़वा बहनों को मात देती थीं। दरअसल, प्रभावती देवी बांग्लादेशी ज़मींदारी ख़ानदान से ताल्लुक रखती थीं और कान्तादेवी हरियाणा के करोड़पति ख़ानदान की बेटी थी। दोनों का मिलन स्थल कलकत्ता था। ढाका में जीवन का बड़ा हिस्सा गुज़ारने के कारण कान्तादेवी काफ़ी हद तक बंगालन हो गयी थीं। लोग अचरज कर यह कहते नज़र आ रहे थे कि एक बंगालन और एक मारवाड़न आख़िर ये दोनों बहनें कैसे हुईं? उसका कोई उत्तर नहीं देती थी। बांग्लादेश के लोगों के आचार-व्यवहार में एक तरह का खुलापन लिए होता है, इसलिए विमान से उतरते ही जब ऋतु ढाका यूनिवर्सिटी के चेयरमैन 'मुकुल उर्फ़ मुजिबुरहमान से गलबहियाँ कर मिली न तो प्रभावती देवी और न ही कान्तादेवी को अटपटा लगा, बल्कि वे दोनों भी उसी उन्मुक्तता से एक दूसरे से चिपक गईं। तीन-चार वर्ष की उम्र से ही एक-दूसरे के हाथ-में-हाथ डालकर उसे झुलाते हुए

स्कूल जाना, लड़कों के सारे खेल खेलना अनायास ही ऋतु के व्यक्तित्व के अविभाज्य अंग हो गये थे।

मुकुल भी उन लोगों की तरह ही ऊँचे ख़ानदान का लड़का था और उसका आभिजात्य तो लखनऊ के नवाबों को भी मात देता था।

वे दोनों वैसे ही एक-दूसरे से सटे हुए, जब महल की गोल-गोल सीढ़ियाँ चढ़कर बायीं ओर जा रहे थे, तभी उन्हें माँ प्रभावती देवी की आवाज़ सुनायी दी, "बच्चों तुरन्त यहाँ आओ।"

दोनों दौड़ते से प्रभावती देवी के पास पहुँचे तो उन्होंने देखा कि एक बड़े कमरे में प्रभावती देवी 'पण्डारा' बिखराये बैठी हैं। उनके चारों ओर चीज़ों का इतना बड़ा अम्बार है कि वे उसमें खोई हुई हैं। उन्होंने कान्ता जी को भी वहीं बुला लिया था और वे दोनों इस बात पर तुली हुई थीं कि ऋतु को अधिक-से-अधिक धन से लाद दें, पर ऋतु अपने समाज-सुधार स्वभाव के कारण कम-से-कम सामान लेना चाहती थी। ख़ैर, यह निर्णय उनमें से किसी के भी हाथ में कहाँ था? उन्हें तो आगे-से-आगे उस धन के बारे में कई हथ-लिखे नोट्स और चिट्ठियाँ हिदायतों से भरी मिलती जा रही थीं। अचानक एक 'सातकल' की लम्बी चाबी उनके हाथ आयी, जिस पर चिट चिपकी हुई थी, "कान्ता की बेटी के लिए, केवल वह ही इससे तिजोरी खोले।"

ऋतु को पुलकावलि के साथ ही ज़िम्मेदारी के बोझ की प्रतीति भी हो रही थी, पर काम तो करना ही है, सोचकर ऋतु ने वह चाबी उठायी और पलक झपकते ही वह सातकल वाली तिजोरी खोल दी।

उस तिजोरी का यूँ पानी की तरह खुल जाना, वहाँ उपस्थित प्रत्येक व्यक्ति को चकित कर गया। ऋतु ख़ुद हैरान थी कि एक मिनट में बिना आवाज़ किये उस भारी-भरकम तिजोरी का यों इशारे से ख़ुल जाना उसे तिलस्मी कहानियों-सा प्रतीत हो रहा था। उसके खुलने के पहले ही ऐसा लग रहा था मानों उसमें कारूँ के ख़जाने को ठूँस-ठूँस कर भर दिया गया है; और तिजोरी खुलते ही उसमें से जितनी तरह के हीरे-जवाहरात ज़ोरों की आवाज़ करते हुए बरस पड़े वह उनके अब तक के अनुमान और

कल्पना से बहुत अधिक थे। तभी एक और मोटी चिट्ठी ऋतु को मिली। जिसमें प्रभावती देवी ने साफ़-साफ़ लिखा था कि यह उन दोनों बहनों का धन है और वह दान में जायेगा और उसका स्वरूप क्या होगा, वह बाद में वसीयत की तरह पुख़्ता ढंग से लिखा जायेगा।

ढाका की बारिश तो सदा से ही जब-तब यत्र-तत्र सर्वत्र फुहारों में बरसती रहती है, तो वह भला ऋतु और मुकुल की राह कैसे नहीं रोकती। कहने को तो वे दोनों छाते लेकर आये थे, पर उन लोगों ने भूल से भी उन्हें नहीं खोला था और इधर से उधर 'बरबंडी' मारते रहे थे, दरअसल हल्की-हल्की फुहारों में घूमना उन्हें बरबस बचपन के दिनों में ले गया था।

इतने सालों के बाद जब वे प्रभावती देवी के महलनुमा ज़मींदारी घर में घुसने लगे थे, तब एक बार तो उन्हें लगा था कि वे उस लम्बे-चौड़े महल की भूल-भुलैया में खो जायेंगे, पर कुछ ही देर में उन्हें उसका पूरा नक्शा याद आ गया और वे उन सीढ़ियों पर, जिन पर वे कभी कुद्दक्कड़े मारते थे, खटा-खट चढ़ते-उतरते नज़र आये।

ऋतु और मुकुल का समय पर लगाकर उड़ रहा था। सर्वप्रथम तो तिजोरियों वाला झंझट, तत्पश्चात् बहुमूल्य वस्तुओं की सूची बना कर, 'सूदबी' या 'क्रिस्टी' के बिचौलियों की मार्फत उसके सही दाम लगवाकर उन्हें 'सलटाना' आदि, क्योंकि यदि इतना अनाप-शनाप धन मिला था, तो दोनों ओर के दानों की सूची भी कम वज़नदार नहीं थी।

ग़रीब लड़कियों की प्राथमिक शिक्षा से शुरू करके वे जितना भी पढ़ना चाहे, उसके अनुरूप सारी सुविधाओं को उन्हें मुहैया करना आदि फ़रमाइशें तो निहायत ही छोटी-सी फ़रमाईश थी, प्रभावती और कान्ता देवी की ख़ास फरमाइश थी; आधुनिकतम सुविधाओं से लैस 'सुपर स्पेशलिटी' अस्पताल का निर्माण। जिनके संचालन का भार मुकुल और प्रभावती देवी की योजना के अनुसार उन लोगों द्वारा पोष्य दत्तक सन्तानों को सँभालना था। दरअसल मुकुल और ऋतु दीर्घ समय से कई दत्तक पुत्र-पुत्रियाँ तैयार कर रहे थे, जो उन लोगों के दातव्य अस्पतालों का

लेखा-जोखा रखने लायक तैयार हो गये थे। कड़ी परीक्षा लेने के बाद इन लोगों ने लगभग चालीस को छाँटा, जो उनकी कसौटी पर खरे उतरते थे।

इतना ही नहीं ऋतु मुकुल और मुकुल उन लोगों पर लगातार अलंकारों की वर्षा करके उनकी हौसला अफ़ज़ाई करते रहते थे। शुभचिन्तकों ने उनसे कहा भी यदि इतनी अधिक प्रशंसा करोगे, तो इनका दिमाग़ सातवें आसमान पर चढ़ जायेगा और ये किसी काम के नहीं रहेंगे। उनकी इस तरह की सलाहों को अनसुना कर ऋतु-मुकुल उन लोगों की शाबाशियों में कोई कोताही नहीं करते थे और शायद उनके इस तरीक़े ने उन लोगों की प्रतिबद्धता को दृढ़ करके और भी गति दे दी थी। देवताओं के वास्तुकार विश्वकर्मा की तरह सुपर स्पेशलिटी अस्पताल का पूरा तल्ला सारे उपकरण और साज-सज्जा से लैस अधुनातन कसौटी पर खरा उतरता, सज-धज के साथ वहाँ समय से पहले बनकर खड़ा हो गया था।

जब एक-से-एक निष्ठावान और समर्पित युवा तन-मन-धन से किसी परियोजना में जुट जाये तब उसकी गति को किसी मापक यन्त्र से भी नहीं मापा जा सकता। बावजूद इसके कि वे सब-के-सब एक-से-एक धुरन्धर थे और निःशुल्क सेवा देने को तैयार थे। ऋतु-मुकुल ने सबको अन्य संस्थानों से अधिक मात्रा में मेहनताना देना तय किया।

'होनहार बिरवान के होत चिकने पात' कहावत को सिद्ध करता वह नयनाभिराम अस्पताल भव्यता में मात्र देश और विदेशों में ही नहीं सारी दुनिया के अस्पतालों में अनोखा था। आखिर उसके ईंट, चूने और गारे में ऋतु और मुकुल का ढेर सारा प्रेम और बेइन्तिहा श्रद्धा जो मिली हुई थी।

वह अस्पताल क्या था, एक अजूबा था। दो एक़दम यकसाँ बनी भव्य ईमारतें एक-दूसरे से सटी हुई खड़ी थीं। उनका स्थापत्य इतनी सभ्यताओं को अपने में समेटे था कि लोग उन्हें बाहर से देखकर यह विचार करते नज़र आते थे कि आख़िर यह कौन से काल का प्रतिनिधित्व करता है? दरअसल मुकुल के पिता ढाका के सबसे अधिक ख्याति प्राप्त वास्तुकार थे और वे भी मुकुल की तरह ही संवेदनशील और उदार थे।

अस्पतालों के उद्घाटन के दिन वहाँ ऐसी-ऐसी विभूतियाँ उपस्थित थीं कि यदि इन्हें अंग्रेज़ी में कहें तो कहा जायेगा, 'हूज़ हू' का जमावड़ा।

उन विभूतियों में जर्मनी के बड़े-बड़े डॉक्टर भी मौजूद थे, कारण कि मुकुल ने सारे 'सर्जिकल' उपकरण जर्मनी में बने हुए लिए थे। उन नामी-गिरामी लोगों में जर्मनी का वह बड़ा सर्जन भी शामिल था जो 'अंग प्रत्यारोपण' का विश्व में सर्वश्रेष्ठ सर्जन माना जाता था। उसके उपस्थित होने का कारण मुकुल और ऋतु का सेवा भाव, उदारता और विनम्रता थी।

ऋतु-मुकुल ने जर्मनी के इस फ़र्म को उपकरणों हेतु बिना एक पैसा 'दरदस्तूर' किये जो भी बिल था, वह वैसा-का-वैसा तो दिया ही था ऊपर से उन लोगों की इतनी प्रशंसा की थी कि वे लोग इनसे बहुत ही प्रभावित और गद्गद हो गये थे।

उन सर्जन महोदय ने मुकुल और ऋतु को स्वयं गाड़ी चलाकर गाँठों के भीतरी हिस्सों से मरीज़ लाते देखा था। देखा उसने यह भी था कि वे अस्पतालों से नफ़ा करना तो दूर अपने धन को भी दोनों हाथों से लुटा रहे थे। उसने ऐसे दानवीर आज तक नहीं देखे थे। वह कहता मैंने 'वॉलिंटियर्स' बहुतेरे देखे हैं, पर ऐसे नहीं देखे। ये दोनों तो हर वक़्त 'रिसेप्सनिस्ट' की मेज़ के पास चक्कर लगाते रहते हैं और जैसे ही किसी आकस्मिक आपदा की सूचना मिलती है, उस समय उनमें से जो भी वहाँ मौजूद होता है, वह तुरन्त गाड़ी उठाकर घटनास्थल पर पहुँच जाता है।

उन लोगों का सेवाभाव और दान देखकर उनके जर्मन डॉक्टर मित्र ने मर्सिडीज कम्पनी से कहकर उन दोनों को मर्सिडीज़ कम्पनी की एक-एक 'एस.यू.व्ही' (बड़ी गाड़ी) उपहार में दिलवानी चाही, लेकिन जब उन दोनों ने साफ़ ना कर दिया, तो उन लोगों ने अत्यधिक आग्रह करके ऋतु-मुकुल को पचास प्रतिशत कम पर दो गाड़ियाँ बेच दीं। ऊपर से उन जर्मन सर्जन महोदय और उस उपकरणों वाली कम्पनी के प्रतिनिधि ने तो यहाँ तक कह दिया कि ''हम तो आपकी पुण्य-गंगा से ही जल लेकर नाम मात्र का आचमन कर रहे हैं।

उपसंहार

दसों दिशाओं में ऋतु-मुकुल की कीर्ति फैल रही थी, सभी एक स्वर में कह रहे थे कि भगवान ऐसे बच्चे सबको दे, जिन्होंने अपने पुरखों का ही नहीं अपनी आने वाली पीढ़ियों का नाम भी रोशन किया है। सब यह भी कहते कि नज़र आ रहे थे कि आकाश से प्रभावती देवी और कान्तादेवी निश्चय ही इन दोनों पर फूल बरसा कर धन्य हो रही होंगी।

लग रहा था कि ऋतु-मुकुल का नाम सोने के अक्षरों में आकाश में लिखा जा ही रहा था कि एक दिन बीती आधी रात को एक आपातकालीन मरीज़ की ख़बर आयी, मुकुल कहीं और गया हुआ था, इसलिए ऋतु ने अपनी 'एस.यू.व्ही.' उठायी और तेज़ी से गन्तव्य की ओर निकल गयी।

दुर्भाग्य से तभी नशे में धुत एक ट्रक ड्राइवर 'आँडी-बॉडी' ट्रक चलाता हुआ आया और उसने ऋतु की गाड़ी के परखच्चे उड़ा दिये। आश्चर्यजनक ढंग से इतनी बड़ी ऋतु के शरीर पर खरोंच तक नहीं आयी, क्योंकि पहले झटके ने ही दरवाज़ा खोलकर ऋतु को गाड़ी से बाहर उछल दिया और फुटपाथ पर छोटे-छोटे सफ़ेद जंगली फूलों से भरी घास की पट्टी पर ऋतु को एक़दम सीधा लिटा दिया था। अतुलनीय सौन्दर्य की धनी ऋतु उन फूलों के बीच ऐसी सो रही थी, जैसे देवलोक से आकर उर्वशी सो रही हो।

माँ धरती के हरित परिधान पर सफ़ेद फूलों की शय्या पर सोई हुई अप्रतिम सुन्दरी ऋतु के चेहरे और शरीर में इतनी अपूर्व शान्ति व्याप्त थी, मानो किसी चित्रकार ने भगवान बुद्ध के महानिर्वाण का चित्र आँक दिया हो।

चूँकि गाँवों में ऐसी बातें बिजली की तरह फैल जाती हैं, इसलिए कुछ ही देर में वहाँ की भीड़ देखकर ऐसा लग रहा था, जैसे वहाँ के ज़र्रे-ज़र्रे ऋतु पर बरसायी गयी फूलों की पंखुड़ियाँ और काग़ज़ की पतली कतरनों ने वहाँ के पूरे आकाश और धरती को छा लिया था। इतनी भीड़ के बावजूद वहाँ ऐसा सन्नाटा था कि सबके श्वास-प्रश्वास साफ़ सुनायी दे रहे थे।

बड़े डॉक्टर ने बताया कि कई बार ऐसा होता है कि ऐसा बड़ा झटका व्यक्ति की श्वास नली में अवरोध पैदा कर देता है। यह कहते हुए उस बड़े जर्मन डॉक्टर ने दोनों हाथ जोड़कर ऋतु के वक्ष पर आघात करना शुरू कर दिया। तैयारी उन्होंने बिजली के शॉक की कर रखी थी, पर उसकी ज़रूरत ही नहीं पड़ी।

पूर्व दिशा में बिखरा सुनहरा गुलाबी रंग पूरी पृथ्वी पर बरसने लगा था मानों आकाश में बैठा जादूगर सबको आशीर्वाद दे रहा हो। तभी मीनाक्षी ऋतु ने अपनी बड़ी-बड़ी आँखों को खोला और आकाश की शुष्मा को देखकर आह्लादित हो गयी। इतने बड़े हादसे का उस पर कोई असर नहीं था, इसके विपरीत उसका चेहरा प्रकृति के सौन्दर्य से अभिभूत होकर दीपित हो रहा था।